KB269967

장화 신은 고양이 I
빨간 모자 소녀

Puss in Boots | Little Red Riding Hood

다락원

어린 시절 누구나 한 번쯤 읽게 되는 아름다운 동화와 명작들! 이젠 영어로 읽어 볼까요?

한글 번역본을 읽을 때와는 전혀 다른 재미와 감동을 느낄 수 있고, 이미 알고 있는 이야기들이라 생각보다 어렵지 않습니다. 즐겁게 읽어 나가는 사이에 독해력이 쑥쑥 자라는 것은 물론이죠.

「행복한 명작 읽기 Basic」 시리즈는 영어로 된 이야기책을 처음 접하는 왕초보들을 위해 개발되었습니다. 250단어 수준의 짧고 쉬운 문장으로 이루어져 있어 영어 읽기를 처음 시도하는 초급자나 초, 중, 고등학생들이 보다 즐겁게, 보다 효과적으로 영어 명작들을 읽으며 독해력을 키울 수 있습니다.

영어표현 및 문법에 대한 친절한 설명, 어휘 학습과 내용의 이해를 돕는 퀴즈들, 그리고 매 페이지 펼쳐지는 멋진 그림들까지 어디 한 군데 소홀함 없이 구성했습니다. 여기에 권말 특별부록 '독해 길잡이'와 '리스닝 길잡이'를 곁들여 읽기뿐 아니라 체계적인 리스닝 학습까지 아우르고 있습니다. 또한 CD에 '오디오북' 형식으로 전문 미국 성우들의 생동감 넘치는 원음을 담았습니다.

본문은 원어민 전문 필진이 교육부 선정 기본 어휘를 바탕으로 실생활에 많이 쓰이는 기본 어휘를 사용해 표준 미국식 영어로 리라이팅하였기 때문에 학교 영어 학습에도 큰 도움이 될 것입니다. 「행복한 명작 읽기 Basic」 시리즈를 끝낸 후에는 다락원의 5단계 독해력 증강 프로그램 「행복한 명작 읽기」 시리즈를 본격적으로 시작할 기본 영어 실력을 탄탄히 갖추게 되었음을 몸소 느낄 수 있을 것입니다. 「행복한 명작 읽기」 시리즈를 통해 영어를 읽고 듣는 재미에 푹 빠져 보시기 바랍니다.

– 행복한 명작 읽기 연구회 –

Introduction

샤를 페로 (1628~1703)
Charles Perrault

프랑스의 시인이며 소설가이자 17세기 프랑스를 대표하는 비평가이기도 하다. 처음에는 아버지처럼 변호사로 일하다가 1654년 이후 문학과 그림을 즐기는 친구들을 만나기 시작하면서 글을 쓰게 되었다. 1670년에는 아카데미 프랑세즈 회원이 되었고, 특히 아카데미 프랑세즈의 집회에서 낭독한 시 〈루이 대왕의 세기〉 (1687)는 진보파와 보수파 사이의 이른바 '신구논쟁'의 계기가 되기도 했다.

〈거위 아주머니 이야기〉 (1697년)는 페로가 손자들을 위해 민담을 빌어 쓴 것으로 이 동화집 안에는 우리에게도 익숙한 〈잠자는 숲 속의 공주〉, 〈푸른 수염〉, 〈빨간 모자 소녀〉, 〈신데렐라〉, 〈장화 신은 고양이〉 등이 포함되어 있다. 그의 동화집은 현실과 꿈의 세계가 잘 조화되고 간결한 문체 속에 재치가 빛나고 있다. 당시 프랑스 귀족들은 옛 이야기를 품위가 없다면서 무시했지만, 페로는 옛 이야기 속에 담긴 교훈을 어린이들에게 들려 주는 것을 좋아했다고 한다. 그래서 그를 '프랑스 아동 문학의 아버지'라고 부르기도 한다.

장화 신은 고양이 *Puss in Boots*

한 남자가 아버지로부터 고양이
한 마리를 유산으로 받으면서 이
야기가 시작된다. 이 고양이는 아버
지가 가장 좋아하던 애완동물로, 한 가
지 특별한 점이 있었는데 바로 말을 할 수 있
다는 것이었다. 이 고양이는 새로운 주인을 위해 기발한 꾀를 내는데….
〈장화 신은 고양이〉 속의 독특한 등장인물인 말하는 고양이는 오늘날에도 여러 작
품에 영감을 주면서 인기를 누리고 있다.

빨간 모자 소녀 *Little Red Riding Hood*

한 소녀가 할머니로부터 빨간 모자를 선물 받는다. 소녀는 이 빨간 모자를 아주 좋
아해서 '빨간 모자'라는 별명을 얻는다. 어느날 빨간 모자는 편찮으신 할머니에게 음
식을 가져다 드리는 심부름을 하게 되는데, 숲 속에서 늑대와
마주친다. 낯선 이와 말하지 말라는 엄마의 주의를
잊어 버린 빨간 모자는 배고픈 늑대가 묻는 말
에 친절하게 대답하는데….
〈빨간 모자 소녀〉는 영화로도 제작되는
등 오늘날까지 큰 사랑을 받고 있다.

How to
Use This Book

이 책, 이렇게 보세요

❶ 영어본문
구문별 · 문장별로 행이 구분되어 있어
의미를 파악하기 쉽습니다.

❷ 해석 도우미
영문의 요지 및 뉘앙스의 실마리를
제시했습니다.

❸ 어휘 설명
초등 수준에서 조금 어려울 수 있는
단어와 표현은 해당 의미를 명기했습니다.

❹ 문장 설명
중요 문법 사항이 들어있거나 중요한
구문으로 이루어진 문장에는 해석과
설명을 제시했습니다.
조그맣게 어깨 번호가 있는 문장은
하단을 확인해 보세요.

❺ Check-up
내용 파악을 잘 했는지 바로 확인해보는
퀴즈입니다.

오디오 CD
영미권에서 즐겨 듣는 '오디오북' 형식을 도입해, 원어민 성우가 표준 미국 영어로 내레이션합니다.
어렵지 않게 영어가 귀에 쏙쏙 들어올 것입니다.

How to Improve Reading Ability

왕초보를 위한 독해 가이드

1단계 군더더기는 필요없다, 키워드를 잡아라.

문장 안의 핵심어를 통해 대략적인 의미를 잡아내는 연습을 해보세요. 단어 몇 개 가지고 짐작으로 무슨 내용인지 생각해 보는 게 무슨 실력이냐 하겠지만, 큰 효과가 있답니다. 계속 해나가다 보면 우연히 맞힌 게 아니라 실력으로 맞힌 것임을 알게 될 것입니다.

2단계 길면 쪼개라.

문장을 의미 단위별로 끊어서 읽으세요. 이 책은 대체로 짧은 문장으로 구성되어 있을 뿐 아니라, 간혹 나오는 비교적 긴 문장은 의미 단위에 맞춰 행이 바뀌어 있습니다. 행이 바뀌는 게 거슬리는 순간, 여러분은 다음 단계로 올라가면 됩니다. 이 때 앞에서부터 차례로 의미를 파악하는 습관을 들이세요. 문장을 거슬러 올라오면서 해석하는 버릇이 들면, 읽는 속도에도 문제가 생기지만 리스닝할 때 큰 난관에 부딪히게 됩니다.

3단계 넘겨 짚는 것도 능력이다, 모르면 추측해라.

모르는 단어가 나와도 바로 사전을 찾지 마세요. 문맥 속에서 유추하는 능력도 길러야 합니다. 전혀 모르겠는 문장도 일단 어떤 이야기일 것이라고 생각해 본 다음에 해석을 확인하거나 사전을 찾도록 합니다.

4단계 많이, 여러 번 읽어라.

영어를 정복하는 지름길은 없습니다. 많이 읽고, 여러 번 읽는 사람만이 정상에 오를 수 있습니다. 꾸준히 영어를 접하다 보면 자기도 모르는 사이에 영어 실력이 쑤욱 올라간 느낌을 경험하게 될 것입니다.

Contents

Introduction 4

How to Use This Book 이 책, 이렇게 보세요 6

How to Improve Reading Ability 왕초보를 위한 독해 가이드 7

Puss in Boots

Before you read   10

#1 CHAPTER ONE
The Old Farmer and His Three Sons 늙은 농부와 세 아들 ... 12
Comprehension Quiz 22

#2 CHAPTER TWO
Puss in Boots Starts Working 장화 신은 고양이, 작업에 들어가다   24
Comprehension Quiz 34

#3 CHAPTER THREE
The Marquis of Carabas Finds His Fortune 36
카라바스 후작, 행운을 찾다
Comprehension Quiz 50

Little Red Riding Hood

Before you read   52

#4 CHAPTER ONE
A Visit to Grandmother 할머니 댁에 가다 54
Comprehension Quiz 66

#5 CHAPTER TWO
The Wolf Eats Red Hood 늑대, 빨간 모자를 잡아먹다 68
Comprehension Quiz 80

#6/7 권말 부록
독해 길잡이 84
리스닝 길잡이 88
전문 번역 97

Puss in Boots
장화 신은 고양이

Before You Read

한 남자에게 아버지가 유산으로 남겨 주신 고양이가 있습니다.
이 고양이가 주인을 위해 벌이는 모험들을 따라가 볼까요?

castle 성
king 왕
queen 왕비, 여왕

the Marquis of Carabas
카라바스 후작

kind 친절한
thoughtful 사려 깊은
handsome 잘생긴

servant
하인, 신하

master
주인

beautiful
아름다운

princess
공주

I believe you.
I will do as you ask.
난 널 믿는다. 네가 부탁하는 대로 할게.

drown 물에 빠지다, 물에 빠져 죽다
fall in ~에 빠지다
save 구하다

He didn't know how to swim.
그는 수영하는 법을 몰랐다.

I can help you, Master.
I know something special about you.
제가 도와드릴게요, 주인님.
전 주인님의 특별한 점을 알고 있어요.

Puss in Boots
장화 신은 고양이

Nothing is too difficult for me.
나한테 아주 어려운 것은 없어.

monkey man
원숭이 인간

mean
못된, 비열한

change into
~로 변신하다

full moon
보름달

visit 방문하다, 찾아가다
visitor 방문객
arrival 도착

carriage 마차
driver 마부

We work for the Marquis of Carabas.
우리는 카라바스 후작을 위해 일합니다.

farmer 농부
worker 일꾼

farm land 농지
field 밭, 들판

a pair of boots 장화 한 켤레
talking cat 말하는 고양이
catch 잡다
hunt 사냥하다

The Old Farmer and His Three Sons

늙은 농부와 세 아들

Many years ago, there lived an old farmer.

He had three sons.

They lived together in a village.

One day, the work was too much for the old man.

The farmer was very sick and lay in bed. 일이 노인에게 너무 벅찼어.

He called his sons around him.

"Sons, my time is here," he said. 내 수명이 여기까지구나.

"Now, I want to tell you something.[1]

- ☐ **farmer** 농부
- ☐ **together** 함께
- ☐ **village** 마을
- ☐ **work** 일, 일하다
- ☐ **too much** 너무 많은
- ☐ **sick** 아픈
- ☐ **lie** 눕다 (lie-lay-lain)
- ☐ **around** 주위에
- ☐ **time** 생애, 시간
- ☐ **take over** 넘겨받다
- ☐ **leave** 남기다, 두고 가다
- ☐ **life** 삶, 생활
- ☐ **close** (눈을) 감다, 닫다
- ☐ **die** 죽다
- ☐ **quietly** 조용하게

My first son, you will take over this farm.

My second son, I leave you my horse.

My third son, I leave you my favorite cat.

I hope you each live a good life, my sons."

Then, the farmer closed his eyes.

He died quietly.

Check Up

늘은 농부는 셋째 아들에게 무엇을 남겼나요?

ⓐ 가장 아끼던 농장　　　ⓑ 가장 아끼던 고양이

1　너희들에게 말하고 싶은 게 있다. ➜ **want to + 동사**: ~하고 싶다. want 다음
에는 항상 'to + 동사', 즉 'to부정사'가 온다는 것을 잊지 마세요. 한편, 'tell A B'는 'A
에게 B를 말해 주다'라는 뜻이에요.

Soon after, the brothers each went their own way. 곧 형제들은 각자의 길을 갔어.

The first son stayed on the farm.

The second son left the village.

He took his horse with him.

셋째아들은 어떻게해야할지 몰랐어.

The third son didn't know what to do.

He thought, "What will I do with this cat?

I must take care of myself and the cat."

You see, the cat was not a simple cat.

He was a talking cat.

He said, "Master, I was good to your father.

제가 당신 아버지를 잘 모셨지요.

I will be good to you, too.

I can help you, Master.

I know something special about you.[1]

We can have a good life together." 우린 함께 잘 살 수 있어요.

- ☐ **soon after** 곧
- ☐ **each** 각자, 각각
- ☐ **one's own way** 자기만의 길, 자기만의 방식
- ☐ **stay** 머무르다
- ☐ **farm** 농장
- ☐ **take** 데려가다 (take-took-taken)
- ☐ **take care of** ~을 돌보다
- ☐ **simple** 단순한
- ☐ **master** 주인
- ☐ **special** 특별한

1. 전 주인님의 특별한 점을 알고 있어요. → **something special:** 특별한 어떤 것. special이 앞에 있는 **something**을 꾸며 주고 있어요. something, anything, nothing 등 -thing이 있는 명사는 항상 뒤에서 꾸밈을 받아요.
   ex I want something cold to drink. 난 시원한 마실 것을 원해요.

"How can we do that?" the master asked.

The cat answered, "All I need are a few things.[1]

First, I need a hat with a feather.[2]

Next, I need a pair of boots.[3]

Last, I need a small bag,"[4] explained the cat.

That afternoon, the master went out shopping.

He had little money. ✑ 돈이 거의 없었어.

But he trusted the cat.

☐ **need** 필요하다	☐ **explain** 설명하다	☐ **put on** 입다, 쓰다, 걸치다
☐ **a few** 몇 개의	☐ **little** 거의 없는	(put-put-put)
☐ **hat** 모자	☐ **trust** 믿다	☐ **quite** 꽤
☐ **feather** 깃털	☐ **find** 찾다	☐ **handsome** 잘생긴
☐ **a pair of** ~ 한 켤레, 한 쌍	(find-found-found)	☐ **puss** 고양이
☐ **boot** 장화	☐ **item** 물품	☐ **call** ~라고 부르다

1 제가 필요한 것은 몇 가지뿐이에요. ➜ 이 문장에서 All I need가 주어예요. '내가 필요한 모든 것'이란 뜻이죠. (that) I need가 앞의 all을 꾸며 주는 거예요.

2 첫 번째로 전 깃털이 달린 모자가 필요해요.

3 다음으로 전 장화 한 켤레가 필요해요.

4 마지막으로 전 작은 가방이 필요해요. ➜ 어떤 일의 순서를 나열할 때는 First, Next, Last를 문장 앞에 붙이면 돼요. 세 가지 이상이라면, First, Second, Third... 처럼 서수를 쓰기도 하죠.

The master found the three items.

He gave them to the cat. 

"Here is what you wanted," said the master.

The cat put his hat on and then his boots.

He looked quite handsome.

The master was happy.

He called his cat Puss in Boots. 

Check Up

주인이 지어 준 고양이의 이름은 무엇인가요?

ⓐ 장화 신은 고양이 　　　ⓑ 피터 래빗

답:ⓐ

That day, Puss in Boots went out to hunt. 사냥을 나간 장화신은 고양이

"Master, I will see you later," said Puss in Boots.

He went into the forest.

It was easy for Puss in Boots to catch rabbits.[1]

He also caught birds and other animals.

There were many animals in the forest. 숲에는 동물들이 많았어.

He waited and waited.

☐ **go out** 나가다, 외출하다	☐ **catch** 잡다 (catch-caught-caught)	
☐ **hunt** 사냥하다	☐ **round** 둥그스름한; 토실토실 살찐	
☐ **later** 나중에, 후에	☐ **fat** 뚱뚱한, 살찐	
☐ **go into** ~에 들어가다	☐ **castle** 성	
☐ **forest** 숲	☐ **knock** 노크하다, 똑똑 (노크 소리)	
☐ **easy** 쉬운	☐ **gate** 정문, 문	

Later that day, he caught a round, fat rabbit.

"Now it's time to visit the king," he thought.

He walked to the king's castle. 이제 왕을 찾아뵈러 가야겠어.

Puss in Boots knocked at the large gate.

"Knock, knock, knock.

I want to see the king," said Puss in Boots.

고양이는 누구를 찾아갔나요?

ⓐ 농부   ⓑ 왕

1 장화 신은 고양이가 토끼를 잡기는 쉬웠다. → **It is easy for A to 동사:** A가
   ~하기는 쉽다. 원래 **to** 이하의 내용이 주어이고, 앞의 **It**은 가주어라고 해요. 주어가 길
   면 이렇게 가주어 **It**을 앞에 내세우고 진짜 주어는 뒤에서 말한답니다.

   ex It is easy for me to solve the math problem. 그 수학 문제를 푸는 건 나
   한테는 쉬워.

The man at the gate was surprised.

He had not seen a talking cat before. 말하는 고양이는 본 적이 없어.

He asked Puss in Boots, "Who are you?"

"I am the servant of the Marquis of Carabas,"

said Puss in Boots.

I wish to bring the king a gift."

"Very well," said the man. 고양이를 들여 보내 왕을 만나게 해주었어.

He let Puss in Boots in to see the king.

"My king," said Puss in Boots.

"Please take this round rabbit as a gift. 이 살찐 토끼를 선물로 받아 주십시오.

It is from my master, the Marquis of Carabas."

"Thank you. You are very kind," said the king.

"I don't know this Marquis of Carabas.

☐ **surprised** 놀란	☐ **let A in** A를 들어오게 하다
☐ **before** 전에	☐ **kind** 친절한, 마음씨 좋은
☐ **servant** 하인	☐ **reply** 대답하다
☐ **marquis** 후작	(reply-replied-replied)
☐ **wish** 바라다, 원하다	☐ **return** 돌아오다
☐ **bring** 가지고 오다	☐ **add** 덧붙이다, 더하다
☐ **gift** 선물	☐ **often** 종종

Please tell your master I like his gift."

"Yes, my King. Of course," replied Puss in Boots.

"I will return soon, sir," added Puss in Boots.

After this, Puss in Boots often visited the castle.

A 장화 신은 고양이를 묘사한 표현을 모두 고르세요.

sick

talking

slow

simple

hunting

smart

B 다음 문장 중 옳은 것은 T, 틀린 것은 F에 표시하세요.

❶ The farmer's sons received much from their father. T F

❷ The cat was very good to his new master. T F

❸ The cat could talk. T F

❹ The cat's name was Puss in Shoes. T F

Answers

A talking, hunting, smart

B ❶ F   ❷ T   ❸ T   ❹ F

C 다음 질문에 알맞은 답을 고르세요.

❶ 장화 신은 고양이가 필요하지 않은 것은 무엇인가요?

(a) A hat with a feather

(b) A pair of boots

(c) A small bag

(d) A bow and arrow

❷ 장화 신은 고양이는 왜 왕을 찾아갔나요?

(a) Because he was hungry.

(b) Because his family lived with the king.

(c) Because he wanted to give the king gifts.

(d) Because he worked for the king.

D 이야기 전개에 맞게 다음 문장을 다시 배열하세요.

❶ "Here is what you wanted," said the master.

❷ The old farmer died quietly.

❸ The master was happy.

❹ He was a talking cat.

_______ ⇨ _______ ⇨ _______ ⇨ _______

Answers

C　❶ (d)　❷ (c)

D　❷ ⇨ ❹ ⇨ ❶ ⇨ ❸

CHAPTER TWO

Puss in Boots Starts Working

장화 신은 고양이, 작업에 들어가다

On each visit, he brought an animal.

The king and queen were impressed.

This was all part of Puss in Boots' plan. 이게 다 고양이의 계획이야.

After many months, everyone in the king's castle knew him. Everyone liked Puss in Boots.

The king and queen loved Puss in Boots, too.

One day, the king said,

카라바스 후작을 만나고 싶구나.

"I want to meet the Marquis of Carabas.

He is so kind and thoughtful.

He always gives us fresh meat."

□ **each** 매~, ~마다	□ **plan** 계획
□ **visit** 방문, 방문하다, 찾아가다	□ **thoughtful** 배려심 있는, 친절한
□ **queen** 왕비, 여왕	□ **fresh** 신선한
□ **impressed** 감명 받은	□ **meat** 고기
□ **part** 일부	□ **full moon** 보름달, 만월

"Yes, my King. Will you visit us?"
Puss in Boots asked.

"Yes, we will come at the next full moon,"[1]
said the king.
"I will tell my master," said Puss in Boots.

---

1 우리가 다음 보름달이 뜰 때 가겠다. → **will:** ～할 것이다. ～하겠다. 미래의 일을
   말할 때 쓰는 표현이에요. 다른 미래 표현보다도 will에는 말하는 사람이 뭔가를 하겠다
   는 의지가 강하게 담겨 있답니다.
   ex I will win the race. 난 경주에서 우승하겠어.

At the full moon, the king planned to ride in his carriage. 보름달이 뜰때 왕은 마차를 타기로 계획했어.

The queen and princess went together with him.

They wanted to see the Marquis of Carabas.

The king's daughter was a beautiful young woman.

The king wished her to marry a good man. 왕은 공주가 좋은 남자와 결혼하길 바랐어.

☐ **plan to** 동사 ~하기로 계획하다, 예정하다	☐ **remember** 기억하다
☐ **ride** 타다 (ride-rode-ridden)	☐ **plan** 계획, 계획하다
☐ **carriage** 마차	☐ **make** ~이 되다, ~을 만들다
☐ **daughter** 딸	☐ **wife** 아내
☐ **marry** ~와 결혼하다, 결혼시키다	☐ **true** 맞는, 사실인

Puss in Boots remembered the king's plan to visit them.

He had also met the beautiful princess.

"She will make a good wife for my master,"

thought Puss in Boots.

"Master, the king and his family are coming today," said Puss in Boots.

"You must do as I say.[1]

You will say you are the Marquis of Carabas.

This is your true name, Master."

1 제가 말하는 대로 하셔야 합니다. → **as + 주어 + 동사:** ～하는 대로. '～하는 동안에, ～하기 때문에' 등의 뜻도 있어요. as는 의미와 쓰임이 많은 단어랍니다.

   ex She did it as I said. 그녀는 내가 말한 대로 했다.

     I am happy as I became the class president. 나는 학급회장이 되어서 기쁘다.

"Many years ago, your father lived in a castle,"

Puss in Boots continued.

"His family was very rich.

His family had much farm land.

One day, the monkey man took the castle away.

He was very mean."

"Oh, really?" said the Marquis of Carabas.

"My father never told me." 아버지는 그런 말씀 안하셨어.

"Your father was asked never to tell this secret,"[1]
said Puss in Boots. "It was a promise he made."

"Okay, I believe you. I will do as you ask,
Puss in Boots," said the Marquis of Carabas.

"Today, we will go to your castle, Master,"
said Puss in Boots.

"You will ask the king and his family to have
dinner with you." 왕과 왕의 가족에게 만찬을 같이 하자고 청하세요.

Check Up

고양이가 주인에게 말한 비밀은 무엇이었나요?

ⓐ 주인의 진짜 칭호는 카라바스 후작이라는 것
ⓑ 주인의 아버지는 가난한 집안 출신이라는 것

정답: ⓐ

- ☐ **continue** 계속하다
- ☐ **farm land** 농지, 경지
- ☐ **take away** 빼앗다 (take-took-taken)
- ☐ **mean** 못된, 비열한
- ☐ **ask** 부탁하다, 청하다
- ☐ **secret** 비밀
- ☐ **promise** 약속, 약속하다
- ☐ **believe** 믿다

1 주인님 아버지는 이 비밀을 절대 말하지 말라고 부탁받았습니다. **➜ be동사 + 과거분사:** 주어가 '당하거나 받는' 것을 표현합니다. 이런 것을 '수동태'라고 하지요. 여기서도 **was asked**로 '부탁받았다'는 수동의 뜻이에요.

Then, Puss in Boots took his master out.

They walked by a small river. 장화 신은 고양이는 왕이 그 길로 올 거란 걸 알았어.

Puss in Boots knew the king was coming that way.

He wanted the king to see them before they

arrived at his master's castle.

There was a small bridge that crossed the river.

Under the bridge were beautiful flowers in the

water. 다리 밑 물 속에 아름다운 꽃들이 있었어.

- □ **by** ~옆에
- □ **that way** 그쪽으로
- □ **arrive at** ~에 도착하다
- □ **bridge** 다리
- □ **cross** 가로지르다, 건너다
- □ **the middle of** ~의 가운데

- □ **over the side** 옆쪽으로, 옆쪽 너머로
- □ **suddenly** 갑자기
- □ **fall** 떨어지다 (fall-fell-fallen)
- □ **help** 도와주다, 돕다, 도움
- □ **cry** 외치다
- □ **trust** 믿다

The Marquis of Carabas walked to the middle of
the bridge.
He looked over the side at the flowers.
Suddenly, the Marquis of Carabas fell in the water.
"I can't swim. Help me!" cried the marquis.
"I will get help, my Master. Trust me,"
Puss in Boots quickly ran to the road.

At that time, Puss in Boots saw the king's carriage arrive. 그때 왕의 마차가 도착한 걸 보았어.

As the carriage came, the king heard voices.

□ **arrive** 도착하다
□ **voice** 목소리
□ **look out** (밖을) 내다보다
□ **drown** 익사하다
□ **cry** 외치다, 울다

□ **happen** 일어나다, 발생하다
□ **fall in** ~에 빠지다, 떨어지다 (fall-fell-fallen)
□ **man** (남자) 부하, 남자
□ **save** 구하다
□ **feel better** 기분이 나아지다

The king looked out the window. 왕이 창밖을 내다보았어.

He saw a cat in boots and a hat.

"Help, help, my master is drowning," cried Puss in Boots. 주인님이 물에 빠졌어요.

The Marquis of Carabas was really drowning in the river.

"Puss in Boots, what happened?" the king asked.

Puss in Boots said that his master had fallen in the water.

And he didn't know how to swim.[1]

"Men, go and find the Marquis of Carabas," said the king. 가서 카라바스 후작을 찾거라.

The king's men saved the marquis.

Soon, the marquis was feeling better.

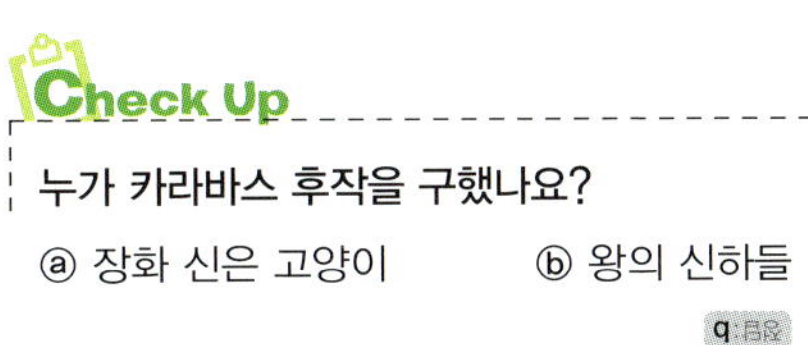

Check Up

누가 카라바스 후작을 구했나요?

ⓐ 장화 신은 고양이　　　ⓑ 왕의 신하들

q : 月&

1　그리고 그는 수영하는 법을 몰랐다. ➡ **how to + 동사**: ~하는 방법, ~하는 법.
ex I know how to ride a horse. 난 말 타는 법을 안다.

A 다음 문장의 빈칸을 채워 퍼즐을 완성하세요.

- Puss in Boots was a ❶________.

- The Marquis of Carabas was his ❷________.

- Puss in Boots brought a ❸________ to the ❹________.

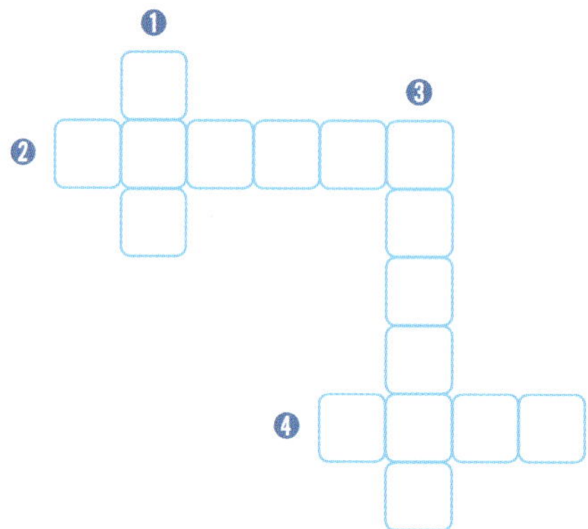

B 다음 문장 중 옳은 것은 T, 틀린 것은 F에 표시하세요.

❶ The king gave Puss in Boots a gift. T F

❷ The Marquis of Carabas was famous. T F

❸ Everyone in the king's castle knew Puss in Boots. T F

❹ The cat was dressed in boots and a hat. T F

Answers

A ❶ cat ❷ master ❸ rabbit ❹ king
B ❶ F ❷ F ❸ T ❹ T

C **What best describes Puss in Boots' character?**

(a) Funny and crazy

(b) Good and smart

(c) Mean and bad

(d) Sad and angry

D 이야기 전개에 맞게 다음 문장을 다시 배열하세요.

❶ Everyone in the king's castle knew the cat.

❷ Puss in Boots brought the king an animal.

❸ Puss in Boots' master fell in the water.

❹ Puss in Boots met the princess.

_______ ⇨ _______ ⇨ _______ ⇨ _______

Answers

C ❶ (b)

D ❷ ⇨ ❶ ⇨ ❹ ⇨ ❸

CHAPTER THREE

The Marquis of Carabas Finds His Fortune

카라바스 후작, 행운을 찾다

The king sent two of his men to the castle.
They came back with new clothes for
the Marquis of Carabas. 카라바스 후작이 입을 새 옷을 가지고 돌아왔어.
The clothes were very nice.
The marquis looked more handsome than before.[1]
He looked like an important person. 중요한 인물처럼 보였어.
"Thank you for saving me, my King," said
the Marquis of Carabas.

- [ ] **send** 보내다 (send-sent-sent)
- [ ] **come back** 돌아오다 (come-came-came)
- [ ] **fortune** 행운; 재산
- [ ] **clothes** 옷, 의복
- [ ] **handsome** 잘생긴
- [ ] **look like** ~처럼 보이다
- [ ] **important** 중요한
- [ ] **thank you for** ~에 대해 고맙다, 감사하다
- [ ] **save** 구하다
- [ ] **finally** 마침내
- [ ] **regular** 자주(고정적으로) 다니는
- [ ] **visitor** 방문객, 손님
- [ ] **join** 함께하다, 합류하다
- [ ] **on one's way to** ~로 가는 길에

"It is good to finally meet you," said the king.

"We have heard much about you from your cat.

Puss in Boots is a regular visitor to our castle.

Please join us, Marquis of Carabas.

We were on our way to visit you."

1 후작은 전보다 더 잘생겨 보였다. → **more 형용사 than** ···: ~보다 더 ~한. 둘을
비교할 때 쓰는 표현이죠. 형용사의 비교급을 만들 때는 형용사 앞에 **more**를 붙이거나,
형용사 뒤에 **-er**을 붙여요. 'more 형용사'는 형용사의 철자가 길 때 쓰고요, **pretty**나
kind 같은 짧은 단어인 경우 '형용사-**er**'의 형태를 쓴답니다.
cf pretty – prettier / kind – kinder / cute – cuter / smart – smarter
beautiful – more beautiful / interesting – more interesting

"I will gladly join you," said the Marquis of Carabas.

"Please, I invite you to have dinner with me tonight. We will eat in my castle."

Puss in Boots told the driver which way to go. He wanted to show the king how rich his master was.[1]

Puss in Boots was going to the house of the monkey man.

"I must go ahead.

I have to get ready for the arrival of my master," thought Puss in Boots.

- □ **gladly** 기쁘게, 기꺼이
- □ **invite** 초대하다
- □ **tonight** 오늘 밤
- □ **driver** 운전수, 기사
- □ **which way** 어느 길
- □ **show** 보여주다
- □ **rich** 부유한, 부자인
- □ **go ahead** 앞서 가다
- □ **get ready for** ~에 대비하다, 준비하다
- □ **arrival** 도착
- □ **pass** 지나가다
- □ **field** 들판, 밭
- □ **call to** 불러내다
- □ **worker** 일하는 사람, 노동자
- □ **sorry** 후회하는, 후회스러운
- □ **agree** 승낙하다, 동의하다

On the way, Puss in Boots passed many fields.
He called to the workers, "The king is coming.
You must tell him you work for the Marquis of
Carabas. Do this, or you will be sorry."[2]
The workers agreed.

When the king passed by, he was impressed.

There were so many fields.[1]

And there were many workers over a long

distance.

"Who do you work for?" the king asked the field

workers.

"We work for the Marquis of Carabas," they said.

At the next field, the king heard the same thing.

The king said, "Marquis, you are a rich man.

All these fields are yours?

And you have many workers."

The Marquis of Carabas said, "Yes, sir.

These were my father's fields."

Meanwhile, Puss in Boots arrived at the monkey

man's home.

It was a very old place.

It looked so dirty and ugly.

□ **pass by** 지나가다
□ **impressed** 감명받은
□ **a long distance** 먼 거리
□ **work for** ~을 위해 일하다
□ **same** 같은
□ **field** 들판, 밭

□ **yours** 당신의 것, 네 것
□ **sir** 남자에 대한 경칭의 표현
□ **meanwhile** 그 사이에, 한편
□ **place** 장소, 집
□ **dirty** 더러운
□ **ugly** 추한

1 　매우 많은 들판이 있었다. ➡ **There + be동사**: ~이 있다. 주어가 'There + be
　동사' 다음에 나와요. 따라서 be동사의 형태는 뒤에 나오는 주어에 따라 달라져요.
　ex There are some cups on the table. 탁자 위에 컵이 몇 개 있다.
　　There is some milk on the table. 탁자 위에 우유가 좀 있다.

The cat knew something special about
the monkey man. 고양이는 원숭이 인간에 대해 뭔가 특별한 걸 알고 있었어.

He could change how he looked.

Puss in Boots entered the house.

There was a very tall monkey.

He looked like a man. 사람처럼 생겼어.

"Hello, monkey man," said Puss in Boots.

"I was passing your home and wanted to visit
you.

I heard you can change into different animals."

"Yes, that is correct," said the monkey man.

"But I want to know something,"
said Puss in Boots.

"Can you only change into big animals?

Can you also change into small animals?"

☐ **special** 특별한	☐ **different** 다른
☐ **change** 변하다	☐ **correct** 맞는, 정확한
☐ **enter** ~로 들어가다	☐ **only** 오직, ~뿐
☐ **look like** ~처럼 생기다, 닮다	☐ **any** 아무, 어느, 어떤
☐ **pass** 지나가다	☐ **nothing** 아무것도 없음
☐ **change into** ~로 변하다	☐ **difficult** 어려운

"I can change into any animal,"
said the monkey man.
"Nothing is too difficult for me."

Puss in Boots asked the monkey man to change into a mouse.

The monkey man changed into a small mouse.

Puss in Boots ran after the mouse and ate it.

Now, the monkey man was gone.

The old and dirty castle changed.

It became clean and beautiful, like new.

The Marquis of Carabas was the new master of the castle.

☐ **run after** ~을 뒤쫓다 (run-ran-run)
☐ **gone** 없어진, 가버린
☐ **become** 되다 (become-became-become)
☐ **clean** 깨끗한

☐ **like new** 새것처럼
☐ **castle** 성
☐ **cook** 요리하다
☐ **delicious** 맛있는

Puss in Boots told the servants,

"You have a new master.

His name is the Marquis of Carabas."

They were all very happy.

They never liked the monkey man. 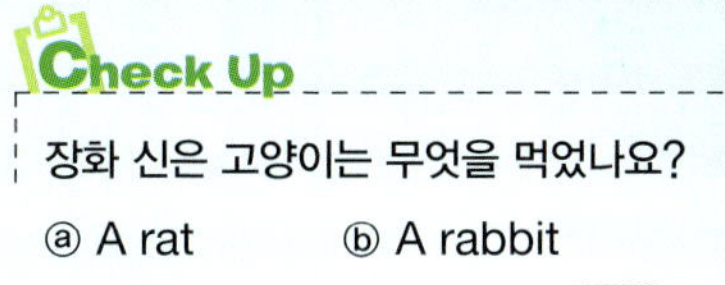

He was very mean to them.

Puss in Boots asked them,

"Please, cook a big dinner with delicious food."

Check Up

장화 신은 고양이는 무엇을 먹었나요?

ⓐ A rat　　　　ⓑ A rabbit

정답 : ⓐ

After a while, the king's carriage arrived.

Puss in Boots went out to meet them.

The king came down.

He helped the princess.

The Marquis of Carabas came out of the carriage.

The king was thinking, "Is the marquis married? This man will be a good husband for my daughter."

"Marquis of Carabas, are you married?" asked the king.

"No, my King. But I want to marry a good woman," said the marquis.

He was looking at the princess as he spoke.
Puss in Boots was also there with a big smile on
his face.[1]

1   장화 신은 고양이도 얼굴에 크게 미소를 지으며 거기에 있었다. ➜ **with**: ～한
    채로. with는 '～와 함께, ～을 가진, ～을 써서, ～로' 등 아주 다양한 뜻을 가지고 있어요.
    ex I study math with my friends. 나는 친구들과 수학 공부를 한다.
    I wrote the letter with the blue pen. 난 파란색 펜으로 편지를 썼다.

The king asked his daughter,

"Will you marry this marquis?

He is a good man. He has much land, too."

"Oh, yes, Father. Thank you!" said the princess.

There was a great celebration that night.

Soon after, the princess and the Marquis of

Carabas were married.

They lived happily in their castle.

They played with Puss in Boots.

And Puss in Boots loved the open fields.

There were many mice to catch there.

The farmer's last son had finally found his

fortune.

Check Up

장화 신은 고양이는 결국 어디에서 살게 됐나요?

ⓐ At the castle   ⓑ On a farm

정답: ⓑ

- land 땅
- great 대단한, 훌륭한
- celebration 축하, 축하연
- soon after 곧, 이내

- happily 기쁘게, 행복하게
- play 놀다
- open 막혀 있지 않은, 탁 트인
- finally 드디어, 마침내

Comprehension Quiz

A 다음 문장 중 옳은 것은 T, 틀린 것은 F에 표시하세요.

❶ Puss in Boots rode with the king and the Marquis of Carabas.

T　F

❷ The Marquis of Carabas didn't marry the princess.　T　F

❸ The monkey man's servants were happy to have a new master.

T　F

❹ Puss in Boots' plan worked well.　T　F

B 이야기 전개에 맞게 다음 문장을 다시 배열하세요.

❶ The Master looked like an important person.

❷ The princess and Marquis played with Puss in Boots.

❸ Puss in Boots ran after the mouse and ate it.

❹ There were many workers over a long distance.

_______ ⇨ _______ ⇨ _______ ⇨ _______

Answers

A　❶ F　　❷ F　　❸ T　　❹ T

B　❶ ⇨ ❹ ⇨ ❸ ⇨ ❷

Little Red Riding Hood
빨간 모자 소녀

Before You Read

grab 잡다, 쥐다
cut open 열다
place the stones 돌을 놓다
close the cut 상처를 꿰매다
fall asleep 잠들다
night cap 잘 때 쓰는 모자
put on (옷 등을) 입다
full 배부른
arrive at ～에 도착하다
knock 노크하다
lie down 눕다
lie in one's bed 침대에 누워 있다
by the river 강 옆에
bridge 다리
You should never talk to strangers again.
다시는 낯선 사람과 얘기해서는 안 된다.
hug 껴안다, 껴안음
safe 안전한
woods 숲

A Visit to Grandmother

할머니 댁에 가다

Many years ago, there was a little girl.

She lived in a small village with her family.

Her grandmother lived in the woods not far

away. 할머니는 멀지 않은 숲속에 살고 계셨어.

Her grandmother loved her very much.

On her sixth birthday, she gave the girl a present.

It was a beautiful red hood. 여섯 살 생일에 선물을 주셨어.

"Thank you so much, Grandmother.

I really love this red hood," said the girl.

- ☐ **visit** 방문, 방문하다
- ☐ **village** 마을
- ☐ **woods** 숲
- ☐ **far away** 멀리 떨어진
- ☐ **present** 선물
- ☐ **hood** 모자, 두건
- ☐ **glad** 기쁜
- ☐ **dear** 사랑하는, 소중한
- ☐ **look** ~처럼 보이다
- ☐ **often** 자주, 종종
- ☐ **put on** 입다, 쓰다
- ☐ **call** 부르다

"You are very welcome, my dear girl.

I am glad you like it. 네 마음에 든다니 기쁘구나.

You look very pretty."

소녀는 모자를 자주 썼어.

The little girl often put her hood on.

So everyone called her Red Hood.[1]

---

1   그래서 모두들 그녀를 빨간 모자라고 불렀다. → call A B: A를 B라고 부르다.
    call은 '부르다' 외에 '전화하다'의 뜻으로도 흔히 쓰여요.
    ex Call me Cutie. 나를 귀염둥이라고 불러 줘.
        Call me after school. 학교 끝나고 전화하렴.

One day, Red Hood's mother called her.

Her mother said, "Your grandmother is not well.[1]

She has a bad cold.

Please take these cakes and fruit to her."

"Yes, Mother," the girl said.

Her mother said, "Please be careful, Red Hood.

Don't talk to any people.

☐ **call** 부르다	☐ **walk away from** ~에서 벗어나다, 떠나다
☐ **well** 건강한, 건강이 좋은	☐ **path** 길, 경로
☐ **bad** 나쁜	☐ **keep watch of** ~을 지키다, 감시하다
☐ **cold** 감기	☐ **worry** 걱정하다
☐ **take** 가지고 가다 (take-took-taken)	☐ **favorite** 매우 좋아하는
☐ **careful** 조심하는	☐ **say goodbye** 작별인사를 하다

Don't walk away from the path.  길을 벗어나면 안 된다.

Keep watch of the time."  시간도 잘 보고.

"I will," said Red Hood.

"Please don't worry, Mom."

Red Hood put on her favorite red hood.

She took the cakes and fruit and said goodbye.

Check Up

왜 빨간 모자는 할머니를 찾아갔나요?

ⓐ 할머니 생신이었기 때문에

ⓑ 할머니가 아프셨기 때문에

q : 月段

On her way, Red Hood sang a song.

She walked slowly and carefully along the path.

The woods were very quiet. 숲은 아주 조용했어.

Red Hood felt lonely.

After walking for some time, Red Hood stopped.[1]

She found a rock to sit on. 앉아서 쉴 바위를 발견했어.

"My little legs are so tired," she thought.

This basket is heavy, too.

There is a lot of fruit in it."

Then, Red Hood heard some singing.

It was a deep, ugly voice.

"Who is singing?" she thought.

When she looked up, she saw a wolf.

- ☐ **on one's way** 가는 길에
- ☐ **slowly** 천천히
- ☐ **carefully** 조심스럽게
- ☐ **along** ~을 따라
- ☐ **quiet** 조용한
- ☐ **lonely** 외로운, 쓸쓸한

- ☐ **find** 찾다 (find-found-found)
- ☐ **rock** 바위
- ☐ **tired** 지친
- ☐ **basket** 바구니
- ☐ **heavy** 무거운
- ☐ **a lot of** 많은~

- ☐ **deep** 굵고 낮은, 깊은
- ☐ **ugly** 추한
- ☐ **voice** 목소리
- ☐ **look up** 올려보다
- ☐ **when** ~할 때
- ☐ **wolf** 늑대

1 얼마 동안 걸은 후에, 빨간 모자는 멈추어 섰다. → After walking…: 걸은 후에 ~.
원래는 After she walked for some time인데, 주어를 빼고 동사 대신 '동사-ing'를 써서 간단히 줄인 거랍니다. 이를 '분사구문'이라고 해요.
ex While washing dishes, I broke a glass. 나는 설거지를 하다가 컵 하나를 깼다.

Little Red Hood didn't know the wolf.

Her mother had told her not to talk to anyone.[1]

But Red Hood forgot.

"Hello. What's your name, little girl?"

asked the wolf.

"I'm called Red Hood. Nice to meet you."

- [ ] **know** 알다, 알고 있다
- [ ] **forget** 잊다 (forget-forgot-forgotten)
- [ ] **visit** 방문하다, 찾아가다
- [ ] **bring** 가지고 오다
- [ ] **answer** 대답하다
- [ ] **near** ~가까이에, 근처에
- [ ] **bridge** 다리
- [ ] **by** ~옆에

"Your red hood is pretty," said the wolf.

"Where are you going today?"

"I'm going to visit my grandmother," said Red Hood.

"I am bringing her some food.

She is not feeling well.

My mother said she has a cold." 감기에 걸리셨대요.

"Where does she live?" asked the wolf.

"My grandmother lives in the woods,"
answered Red Hood.

"She lives near the bridge by the river." 강가 다리 근처에 사세요.

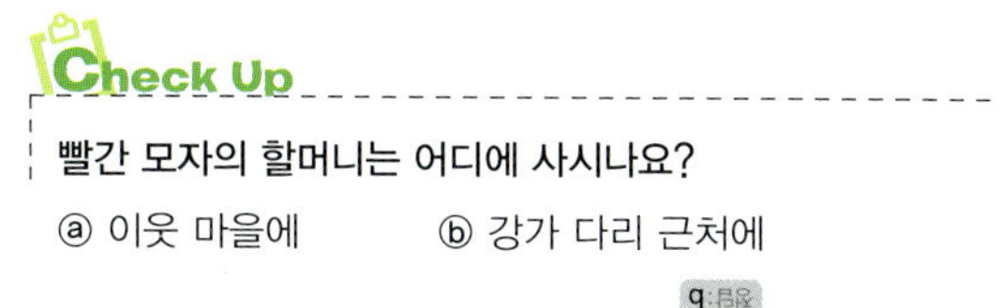

Check Up

빨간 모자의 할머니는 어디에 사시나요?

ⓐ 이웃 마을에   ⓑ 강가 다리 근처에

정답: ⓑ

1 엄마는 그녀에게 그 누구와도 이야기하지 말라고 말했었다. → **had + 과거분사:** 과거의 한 시점보다 먼저 일어난 일을 표현할 때 쓰는 시제예요. '과거완료 시제'라고 하죠. 한편, not to talk to anyone처럼 to부정사를 부정하는 not은 to부정사 앞에 온다는 것, 잊지 마세요.

He thought to himself, "I will hurry now. 서둘러야겠다.

I need to get to her grandmother's house first."[1]

The wolf was hungry.

He wanted to eat her.

"Well, I have to go now," said the wolf.

"My family is waiting for me.

Have a good visit with your grandmother.

할머니 잘 찾아 뵈렴.

I hope she feels better soon.  얼른 나으시길 바랄게.

Goodbye, Red Hood.”

Then, the wolf ran quickly to Red Hood’s
grandmother’s house.

Check Up

왜 늑대는 빨간 모자의 할머니 댁에 서둘러 갔나요?

ⓐ 배가 고팠기 때문에

ⓑ 할머니에게 꽃을 가져다 드리고 싶었기 때문에

- ☐ **think to oneself** 마음 속으로 생각하다,
  (think-thought-thought)
- ☐ **hurry** 서두르다
- ☐ **need to 동사** ~할 필요가 있다, ~해야 한다
- ☐ **get to** ~에 도착하다
- ☐ **first** 우선, 먼저
- ☐ **hungry** 배고픈

- ☐ **want to 동사** ~하고 싶다
- ☐ **have to 동사** ~해야 한다
- ☐ **wait for** ~을 기다리다
- ☐ **have a visit** 방문하다, 찾아가다
- ☐ **feel better** (기분, 몸이) 나아지다
- ☐ **run** 뛰다, 달리다 (run-ran-run)
- ☐ **quickly** 빨리, 빠르게

1 할머니 집에 먼저 도착해야 해. → **need to + 동사**: ~할 필요가 있다,
  ~해야 한다. have to도 같은 의미인데, need to보다 강도가 더 강한 표현이에요.
  ex I need to go. 나 가야 해.

At this time, Red Hood sat on a rock.

She looked all around her. 주변을 둘러보는 빨간모자.

☐ **at this time** 이때
☐ **look around** 둘러보다
☐ **side** 옆, 측면
☐ **think of** ~을 생각하다
　(think-thought-thought)
☐ **look** ~하게 보이다
☐ **so** 매우, 대단히

☐ **pick** 따다
☐ **finish 동사-ing** ~하는 것을 마치다, 끝내다
☐ **a little** 약간
☐ **cold** 추운
☐ **late** 늦은
☐ **before** ~전에
☐ **get dark** 어두워지다

On the side of the path were some flowers.[1]

Red Hood thought of her grandmother.

"They look so beautiful.[2]

Grandmother loves flowers," she thought.

"I will pick some for her."

When she finished picking, she felt a little cold.

She saw that it was really late.

"I must hurry before it gets dark," she thought.

Check Up

빨간 모자는 꽃을 보자 왜 할머니 생각이 났나요?

ⓐ 할머니가 꽃을 매우 좋아하셔서

ⓑ 할머니가 꽃을 꺾지 말라고 하셔서

ⓐ : 답정

---

1 길가에는 꽃들이 피어 있었다. → 주어와 동사의 위치가 바뀐 도치문장이에요. 원래
   는 Some flowers were on the side of the path.라는 문장이었는데, 여기서
   on the side of the path를 강조하기 위해 문장 앞으로 보내면서 주어와 동사 자리
   가 바뀌었어요.
2 꽃들이 참 예쁘다. → look + 형용사: ~처럼 보이다, ~하게 보이다. 이야기에 나오
   는 feel a little cold도 'feel + 형용사'의 형태로 '~처럼 느끼다, ~하게 느끼다'라는
   뜻이 돼요.
   ex You look tired. 피곤해 보이는구나. / I feel tired. 나 피곤해.

Comprehension Quiz

A 빨간 모자에 대해 묘사한 단어를 모두 고르세요.

lovely

lazy

mean

ugly

good

innocent

B 다음 문장 중 옳은 것은 T, 틀린 것은 F에 표시하세요.

❶ Red Hood visited the wolf.   T F

❷ Red Hood's Grandmother liked flowers.   T F

❸ The wolf was very hungry.   T F

❹ Red Hood didn't talk to the wolf.   T F

Answers

A   lovely, good, innocent

B   ❶ F   ❷ T   ❸ T   ❹ F

C **What did Red Hood bring to her grandmother?**

(a) She brought cheese and bread.

(b) She brought cakes and fruits.

(c) She brought a book to read.

(d) She brought some juice.

D 이야기 전개에 맞게 다음 문장을 다시 배열하세요.

❶ Red Hood said goodbye to her mom.

❷ The little girl often put her hood on.

❸ When she looked up, she saw a wolf.

❹ Her grandmother loved her very much.

______ ⇨ ______ ⇨ ______ ⇨ ______

Answers

C ❶ (b)   ❷ (c)

D ❹ ⇨ ❷ ⇨ ❶ ⇨ ❸

CHAPTER TWO

The Wolf Eats Red Hood

늑대, 빨간 모자를 잡아먹다

The wolf arrived at Red Hood's grandmother's house. He knocked on the door.

Red Hood's grandmother said, "Who is it?"

The wolf answered in a high voice,

"It is Red Hood. I have some food to make you better,[1] Grandmother."

The wolf was telling a lie.

"Turn the handle," said Red Hood's grandmother.

"You can open the door."

- arrive at ~에 도착하다
- knock 노크하다
- high 높은
- better 나은, 더 좋은 (good의 비교급)
- tell a lie 거짓말을 하다
- turn 돌리다
- handle 손잡이
- lie 눕다 (lie-lay-lain)
- weak 약한, 힘이 없는
- walk over to ~로 다가가다
- short 키가 작은, 짧은
- delicious 맛있는

She was lying in her bed.

She was too weak to stand up.[2]

The wolf opened the door.

He walked over to her.

She was short and round. She looked delicious.

He ate her quickly.

---

1 낮게 해드리려고 음식을 좀 가져왔어요. → make + A + 형용사: A가 ～하게 하다.
ex The song made me feel happy. 그 노래가 날 행복하게 만들었다.

2 할머니는 너무 힘이 없어서 일어설 수도 없었다. → too 형용사 + to 동사: 너무
～해서 ～하지 못하다, ～하기에는 너무 ～하다.

Then, the wolf put on her clothes and night cap.
He lay in bed trying to look like her.[1]
He waited patiently for Red Hood to arrive.
He was ready to eat her, too.
Red Hood arrived.
The door to her grandmother's house was open.
Red Hood was surprised.

- [ ] **clothes** 옷, 의복
- [ ] **night cap** 잘 때 쓰는 모자
- [ ] **lie** 눕다 (lie-lay-lain)
- [ ] **try to 동사** ~하려고 하다
- [ ] **look like** ~와 닮다, ~처럼 보이다
- [ ] **patiently** 참을성 있게, 끈기 있게
- [ ] **ready** 준비된

- [ ] **surprised** 놀란, 놀라는
- [ ] **feel** 느끼다 (feel-felt-felt)
- [ ] **wrong** 틀린, 잘못된
- [ ] **answer** 대답
- [ ] **put** 두다, 놓다 (put-put-put)
- [ ] **go over to** ~로 다가가다
- [ ] **different** 다른

1 늑대는 할머니와 닮아 보이도록 노력하면서 침대에 누웠다. → **trying to:** ~하려고 하면서. 이렇게 '동사-ing'가 들어간 구문은 문장의 앞이나 뒤에 놓여서 '~하면서'라는 의미로 동시에 일어나는 상황을 나타내기도 해요.

ex I waited for him reading a book. 난 책을 읽으면서 그를 기다렸다.

She felt something was wrong.  뭔가 잘못됐어.

She said, "Hello!"

There was no answer.

She put the basket on the table.

Then, she went over to her grandmother's bed.

Her grandmother looked very different. 할머니 모습이 너무 다르네.

Check Up

늑대는 왜 할머니의 옷을 입고 모자를 썼나요?

ⓐ 할머니처럼 보이려고

ⓑ 할머니 옷을 좋아해서

정답: ⓐ

"Grandmother, your eyes are so large," she said.

"So I can see you better," said the wolf. 넌 더 잘 보려고 그래.

"Grandmother, your nose is so big," she said.

"So I can smell you better, child," said the wolf.

"Grandmother, your mouth is big, too," she said.

"So I can EAT YOU quickly," cried the wolf.

"You're not my grandmother.

You are the wolf!" cried Red Hood.

Red Hood had no time to run away.[1]

한입에 먹어 치웠어.

The wolf grabbed her. He ate her in one bite.

Now, the wolf was full.

He had eaten Red Hood and her grandmother.

He lay down again and fell asleep.

다시 누워 잠들어 버렸어.

☐ **large** 큰

☐ **smell** 냄새 맡다

☐ **cry** 외치다 (cry-cried-cried)

☐ **run away** 도망치다

☐ **grab** 붙잡다, 움켜잡다 (grab-grabbed-grabbed)

☐ **in one bite** 한입에

☐ **full** 배부른

☐ **fall asleep** 잠이 들다 (fall-fell-fallen)

1 빨간 모자는 도망갈 시간이 없었다. ➜ to run away는 앞에 있는 no time을 꾸며 주고 있어요. 'to+동사', 즉 to부정사는 앞에 있는 명사를 꾸며 주는 역할을 한답니다. **ex** She had an idea to solve the problem. 그녀는 문제를 해결할 아이디어가 있었다.

A village man was walking on his way home.

He knew Red Hood's grandmother was ill. 한 마을 남자가 집에 가던 길이었어.

"Hmm... I wonder how the old woman is."

So he walked to the front door. 할머니가 좀 어떠신지 궁금하네.

"Her door is open," he thought.

"I will check on her."

There, he saw a big surprise. 남자는 아주 놀라운 걸 보았어.

The wolf was sleeping in Red Hood's grandmother's bed![1]

He guessed that the wolf had eaten her.

The man took out his knife.

Then, he cut open the wolf's stomach.

Soon, he saw some red cloth inside the wolf. 늑대 뱃속에서 빨간 천이 보였어.

He kept cutting.

- ☐ **on one's way home** 집에 가는 길에
- ☐ **ill** 아픈
- ☐ **wonder** 궁금하다
- ☐ **front door** 정문, 현관
- ☐ **check on** ~을 확인하다, 살펴보다
- ☐ **a big surprise** 깜짝 놀랄 일
- ☐ **guess** 추측하다
- ☐ **take out** 꺼내다 (take-took-taken)
- ☐ **cut open** 뜯다, 절개하다
- ☐ **stomach** 배
- ☐ **cloth** 옷감, 천
- ☐ **inside** ~안에
- ☐ **keep 동사-ing** 계속 ~하다 (keep-kept-kept)
- ☐ **climb** 올라가다, 힘들게 가다
- ☐ **out of** ~에서, ~로부터

There was another surprise!

Red Hood climbed out of the wolf's stomach.

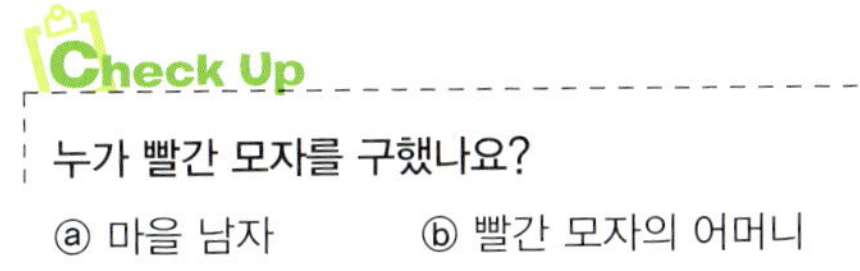

누가 빨간 모자를 구했나요?

ⓐ 마을 남자　　　ⓑ 빨간 모자의 어머니

ⓔ : 昌努

1　늑대가 빨간 모자 할머니의 침대에서 자고 있었다! → **was/were + 동사 -ing**:
〜하고 있었다. 과거에 진행되고 있던 일을 표현할 때 써요. '과거진행' 시제라고 하죠.
ex They were studying English. 그들은 영어 공부를 하고 있었다.

"Thank you for saving me," said Red Hood.

"It was so dark inside the wolf's stomach.

I was scared."

Together, they pulled her grandmother out, too.

Red Hood's grandmother was not well, but she

was alive.

"Let us find some heavy stones," said the man.

☐ **save** 구하다	☐ **heavy** 무거운	☐ **pool** 물웅덩이, 수영장
☐ **scared** 두려운	☐ **place** 두다, 놓다	☐ **outside** 밖에, 밖으로
☐ **pull** 잡아당기다	☐ **close** 닫다	☐ **fall in** 떨어지다
☐ **alive** 살아 있는	☐ **cut** 베인 상처, 갈라진 틈	(fall-fell-fallen)

He and Red Hood placed the stones inside the
wolf. 늑대 뱃속에 돌을 넣었어.

Then, Red Hood's grandmother closed the cut.

After a few minutes, the wolf opened his eyes.
"I'm thirsty," said the wolf.
밖에 있는 웅덩이에서
물 좀 마셔야겠다.
I need some water from the pool outside."
He went to the pool, but he fell in.
The wolf was never seen again. 늑대를 다시는 볼 수 없었어.

늑대는 어떻게 죽었나요?

ⓐ 물에 빠졌다.　　　ⓑ 마을 사람이 죽였다.

정답: ⓐ

Red Hood and her grandmother were happy and grateful.

They thanked the village man.

Grandmother gave Red Hood a big hug.

"I'm glad you're okay, Red Hood," she said.

"You need to be more careful when you're walking alone.[1]

And you should never talk to strangers again."

"Okay, Grandmother," said the little girl.

Red Hood stayed with her grandmother that night.

- ☐ **grateful** 고마워하는, 감사하는
- ☐ **thank** 감사하게 여기다, 고맙다고 하다
- ☐ **give a hug** 포옹하다, 껴안다
- ☐ **glad** 기쁜
- ☐ **careful** 주의하는, 조심하는
- ☐ **alone** 혼자, 홀로
- ☐ **stranger** 낯선 사람
- ☐ **stay** 머무르다
- ☐ **safe** 안전한
- ☐ **bother** 괴롭히다, 귀찮게 하다
- ☐ **happily** 행복하게, 기쁘게
- ☐ **through** ~을 통해, 사이로

1 혼자 걸을 때에는 더 조심해야 한다. → **when 주어 + 동사**: ~할 때. '~하면'이라는 조건의 의미로 쓰일 때도 있어요.
   ex She always calls me when I am busy. 걔는 늘 내가 바쁠 때 전화해.
   I will help you when you are busy. 바쁘면 내가 도와줄게.

The next morning, Red Hood walked back home.

She put her pretty Red Hood on.

She knew her walk home would be safe.

The wolf would never bother anyone again.

She walked home happily through the woods.

Check Up

빨간 모자는 할머니와 얼마 동안 있었나요?
ⓐ 하룻밤 있었다.
ⓑ 일주일 있었다.

정답: ⓐ

Comprehension Quiz

A 할머니 집을 묘사할 때 등장한 표현을 모두 고르세요.

river      school

store   bridge

village   woods

B 다음 문장 중 옳은 것은 T, 틀린 것은 F에 표시하세요.

❶ The wolf had a key to Red Hood's grandmother's house.   T F

❷ The wolf put on Red Hood's grandmother's clothes.   T F

❸ The next morning Red Hood and her grandmother walked home.   T F

❹ The village man saved Red Hood and her grandmother from the wolf.   T F

Answers

A   river, village, bridge, woods

B   ❶ F   ❷ T   ❸ F   ❹ T

❶ •　　　　　• (a) "I will check on her."

❷ •　　　　　• (b) "I'm thirsty."

❸ •　　　　　• (c) "Thank you for saving me."

D 이야기 전개에 맞게 다음 문장을 다시 배열하세요.

❶ Red Hood felt something was wrong.

❷ Grandmother was lying in her bed.

❸ He lay in her bed trying to look like her.

❹ He opened the door.

______ ⇨ ______ ⇨ ______ ⇨ ______

Answers

C　❶ (b)　❷ (c)　❸ (a)

D　❷ ⇨ ❹ ⇨ ❸ ⇨ ❶

권말부록

독해 길잡이 | 리스닝 길잡이

독해 길잡이

영문 독해력 증강을 위한 영어의 **뼈대 읽기 연습**

독해를 잘하기 위한 첫 관문은 영어 문장의 구조를 잘 이해하는 것입니다.

아무리 복잡해 보이는 문장이라도 기본 뼈대만 알면 문제없이 해결할 수 있습니다.

영어 문장은 주로 어떤 형태로 이루어지는지 알아봅시다.

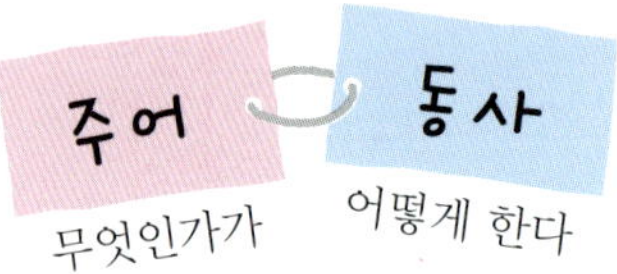

He runs (very fast).
그는 달린다 (아주 빨리)

It is raining .
비가 오고 있다

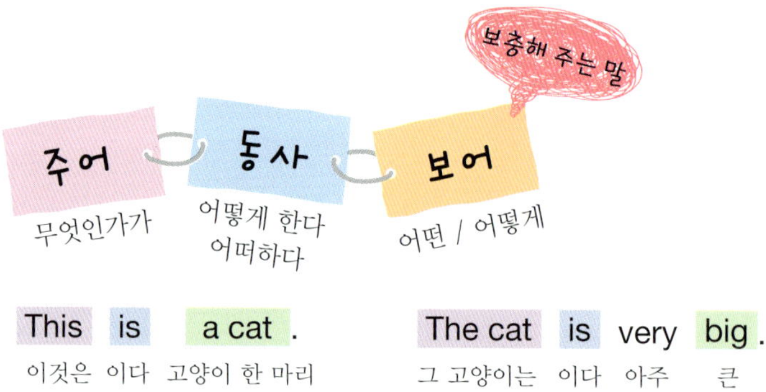

This is a cat .
이것은 이다 고양이 한 마리

The cat is very big .
그 고양이는 이다 아주 큰

"영문의 골격은 생각보다 간단하다"
모든 영어 문장은 주어와 동사로 이루어져 있습니다. 문장이 아무리 길고 복잡해도 그 뼈대는 [주어+동사]이며, [보어]와 [목적어]는 주어와 동사를 보강해 주는 역할을 하죠. 나머지 수식어나 수식절, 부사 등은 모두 기본문장을 꾸미는 엑스트라라고 생각하면 영문을 읽기가 한결 쉬워질 것입니다.

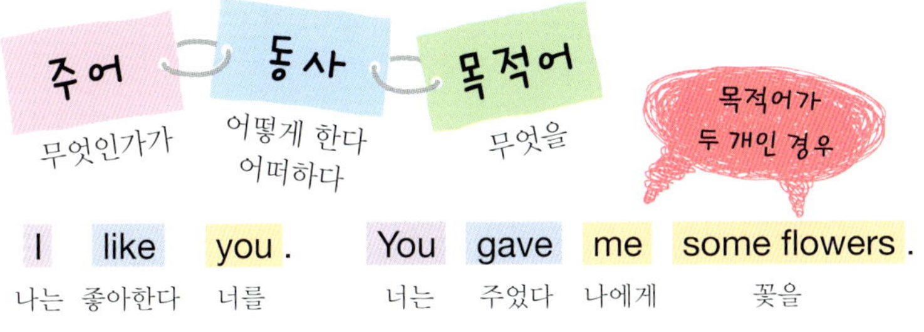
주어
동사
목적어
목적어가 두 개인 경우
무엇인가가
어떻게 한다 어떠하다
무엇을
I like you.
나는 좋아한다 너를
You gave me some flowers.
너는 주었다 나에게 꽃을

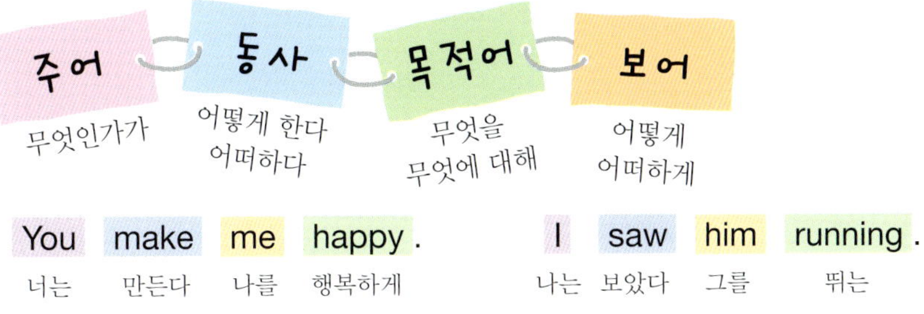
주어
동사
목적어
보어
무엇인가가
어떻게 한다 어떠하다
무엇을 무엇에 대해
어떻게 어떠하게
You make me happy.
너는 만든다 나를 행복하게
I saw him running.
나는 보았다 그를 뛰는

Many years ago, there lived an old farmer.
몇 해 전에　　　　살았다　늘은 농부가

He had three sons.
그는　가지고 있었다　세 명의 아들을

They lived together in a village.
그들은　살았다　함께　한 마을에서

One day, the work was too much for him.
어느날　일이　～이었다　너무 많은　그에게

The farmer was very sick and lay in bed.
농부는　～이었다　매우 아픈　그리고 누웠다　침대에

He called his sons around him.
그는　불렀다　그의 아들들을　그의 주변에 있는

"Sons, my time is here," he said.
아들들아　내 시간이　～이다　여기　그는　말했다

"Now, I want to tell you something.
이제　나는　원한다　너희들에게 뭔가 말하기를

My first son, you will take over this farm.
맏아들아　너는 ～할 것이다　넘겨받다　이 농장을

My second son, I leave you my horse.
둘째 아들아　나는　남긴다　너에게　내 말을

My third son, I leave you my favorite cat.
셋째 아들아　나는　남긴다　너에게　내가 가장 좋아하는 고양이를

I hope you each live a good life, my sons."
나는　바란다　너희 각자가 잘 살기를　내 아들들아

Then, the farmer closed his eyes.
그러고 나서　농부는　감았다　그의 눈을

Little Red Riding Hood

Many years ago, there was a little girl .
몇 해 전에 　　 있었다 　 작은 소녀가

She lived in a small village with her family.
그녀는 　 살았다 　　 작은 마을에 　　 그녀의 가족과 함께

Her grandmother lived in the woods not far away.
그녀의 할머니는 　　 살았다 　　 숲속에서 　 멀리 떨어지지 않은

Her grandmother loved her very much.
그녀의 할머니는 　　 사랑했다 　 그녀를 　 매우 많이

On her sixth birthday, she gave the girl a present .
그녀의 여섯 번째 생일에 　　 그녀는 　 주었다 　 그 소녀에게 　　 선물을

It was a beautiful red hood .
그것은 　 ~이었다 　　 아름다운 빨간 모자

“ Thank you so much, Grandmother.
고맙습니다 　　 정말 　　 할머니

I really love this red hood ,” said the girl .
나는 정말 좋아해요 　 이 빨간 모자를 　　 말했다 　 그 소녀가

“ You are very welcome, my dear girl.
천만에, 　　 사랑하는 꼬마 아가씨

I am glad you like it.
나는 ~이다 　 기쁜 　 네가 그것을 좋아하니

You look very pretty .”
너는 ~하게 보이는구나 　 매우 예쁜

The little girl often put her hood on .
작은 소녀는 　　 종종 　 썼다 　 그녀의 모자를

So everyone called her Red Hood.
그래서 　 모두가 　 ~라고 불렀다 그녀를 　 빨간 모자로

리스닝 길잡이

이제는 CD를 가지고 〈장화 신은 고양이/빨간 모자 소녀〉를 귀로 즐겨 봅시다. 영문을 들을 때에는 아래의 듣기 요령과 함께 영어의 특징적인 발음 현상 몇 가지만 알고 있으면 훨씬 쉽게 알아들을 수 있습니다.

첫째 영어의 리듬을 타세요.

우리말은 각 글자가 모두 한 박자씩이라면 영어는 절대 그렇지 않습니다. 영어는 발음이 강한 부분과 약한 부분이 연속되면서 리듬을 만들어 냅니다. 즉 단어마다 있는 강세가 문장의 강세가 되어 각 문장마다 고유한 리듬을 만들어 나가게 되는 것입니다. 따라서 영어를 말하거나 들을 때 영어의 리듬을 타는 것은 필수적입니다. 이 리듬이 몸에 익으려면 연습이 많이 필요합니다. 우선 각 단어의 강세가 어디에 있는지 파악하는 것부터 시작합시다.

둘째 강하게 들리는 말 위주로 들으세요.

영어에서는 의미를 전달하는 데 중요한 역할을 하는 단어나 표현을 강하게 발음합니다. 따라서 크게 들리는 말부터 신경 쓰세요. 영어를 처음 들을 때는 모든 단어를 다 듣는 것보다는 자기가 듣는 말이 무슨 의미인지 파악하는 것이 우선입니다. 작게 들리는 말은 대부분 관사나 조동사 등 전체 내용에서 주요한 역할을 하지 못하는 것입니다. 지금 단계에서는 무시하셔도 좋습니다.

셋째 이어지는 말에 주의하세요.

영어는 눈으로 볼 때는 단어들이 각각 떨어져 있어 문제 없지만 들을 때는 사정이 달라집니다. 우리말과 마찬가지로 영어도 앞뒤 단어의 음이 합쳐지는 경우가 많습니다. 예를 들어 '옷을 벗다'의 의미인 take off는 [테이크 어프]가 아니라 [테이커프]처럼 한 단어같이 들리게 됩니다. 이런 것을 '연음 현상'이라고 하지요.

★ 이제 영어 리스닝에서 주의해야 할 매우 기초적인 사항을 알게 되었습니다.

섀도잉 하기

이번에는 영어를 들으면서 한 가지 재미있는 연습을 해봅시다.

섀도잉(shadowing)이라는 것입니다. shadow가 '그림자'란 의미이죠?

이 단어가 동사로는 '그림자처럼 따라다니다'라는 뜻으로 쓰입니다.

바로 테이프에서 성우가 하는 말을 몇 박자 뒤에 그대로 따라하는 것이지요.

성우가 말하는 속도, 그리고 힘을 주는 부분, 약하게 읽는 부분, 말을 멈추는 부분을

앵무새처럼 똑같이 따라해 보세요.

자기도 모르는 사이에 영어 말하기와 듣기 실력이 쑥쑥 늘어날 것입니다.

이 방법은 전문가들 사이에서도 효과가 입증되어 있답니다.

물론 각각의 어구와 문장들이 무슨 뜻인지 생각하면서 읽으셔야겠죠.

자기가 따라할 수 있는 부분까지 듣고 CD를 멈춘다.
그리고 큰 소리로 따라한다.

자기가 따라할 수있는 부분까지 듣고 큰 소리로 따라한다.
소리내어 말하는 동시에 CD에서 나오는 소리를 들으며 돌림노래 부르듯
따라한다.

1, 2단계 때보다 조금씩 더 많이 들으며 섀도잉한다.

즐거운 리스닝 연습

Puss in Boots

CHAPTER ONE : page 12

Many years ago, there lived (❶) farmer. He had three sons. They lived (❷) in a village. One day, the work was too much for the old man. The farmer was very sick and lay in (❸). He called his sons around him.

❶ **an old** [언**오**울ㄷ / 어**노**울ㄷ] 종종 an의 -n이 이어지는 old와 연음돼요. 이렇게 자음으로 끝나는 단어와 모음으로 시작되는 단어가 이어지면 종종 연음되어 우리가 예상하는 발음과 다르게 들리기 십상이에요. 흔히 쓰이는 표현에 연음현상이 일어나면 발음도 챙겨서 익혀 두세요.

❷ **together** [투게더r / 트게더r] together는 2음절에 강세가 있어요. 이런 경우 앞의 음절은 상대적으로 약하게 발음되는 경향이 있어요. 여기서 1음절의 to-는 /투/ 보다는 /트/ 또는 /터/로 발음되기도 해요.

❸ **bed** [벧] bed의 발음은 '베드'가 아니에요. 마지막 -d를 앞 모음의 받침처럼 발음해야 자연스러워요. 우리말로 익숙한 외래어나 외국어는 쉽게 생각하지만 발음이 영 다른 경우가 많아서 실수하기 쉬우니 주의하세요.

CHAPTER TWO : page 24

On each visit, he (❶   ) animal. The king and queen were impressed. This was all (❷   ) Puss in Boots' plan. After many months, everyone in the king's castle knew him. Everyone liked Puss in Boots.

❶ **brought an** [ㅂ뤄던] 미국영어에서는 t가 모음 사이에 있으면 /r/로 발음되는 경향이 있어요. 여기서 brought an은 연음되는 경우가 많아요. 그렇게 되면 brought의 /t/음이 모음 사이에 끼게 되어서 발음이 /r/로 변하기도 해요.

❷ **part of** [파러브] 앞서와 마찬가지로 두 단어가 연음되면서 part의 -t가 /r/로 발음돼요. part of는 흔히 쓰이는 표현이니 발음도 한 단어처럼 익혀두세요.

CHAPTER THREE : page 36

The king sent two of his men to the castle. They (❶   ) with new clothes for the Marquis of Carabas. The clothes were very nice. The marquis looked more handsome than before. He looked (❷   ) important person.

❶ came back [케임백] came back(come back)과 같은 구동사는 '동사 + 부사'로 이루어져 동사와는 사뭇 다른 새로운 뜻을 만들어내요. 이런 경우 동사보다는 부사를 강하게 발음하는 경향이 있답니다.

❷ like an [라잌언 / 라이컨 / 라이큰] 이 두 단어도 흔히 연음돼요. 한편, an은 /은/으로 발음되는 경우도 많은데요, 문장 안에서 내용상 중요한 역할을 하지 않기 때문이에요. 이렇게 영어에서는 의미상 중요하지 않은 단어들은 약하고 빠르게 발음하고 지나가요.

Little Red Riding Hood

CHAPTER ONE : page 54

> Many years ago, there was a little girl. She (❶   ) a small village with her family. Her grandmother lived in the woods not far away. Her grandmother (❷   ) very much. On her sixth birthday, she gave the girl a present.

❶ lived in [리ㅂ딘] lived의 마지막 /d/와 in이 연음되어 [리ㅂ딘]처럼 발음돼요. 두 단어는 흔히 함께 쓰이는 표현이죠. live in은 [리빈], lives in은 [리ㅂ진]처럼 발음되니, 영어표현과 발음 모두 익혀 두세요.

❷ loved her [럽더] loved는 '러브드'가 아니에요. /럽ㄷ/처럼 발음해야 자연스러워요. 특히 마지막의 -d는 '드' 하고 소리나기 보다는 '으'음이 빠지고 자음 'ㄷ' 소리만 내야 자연스러워요.

The wolf (❶   ) Red Hood's grandmother's house. He knocked on the door. Red Hood's grandmother said, "Who is it?" The wolf answered in a high voice. "(❷   ) Red Hood." I have some food to make you better, Grandmother."

❶ **arrived at** [어**롸**이ㅂ댓 / 으**롸**이ㅂ댓] 두 단어는 흔히 연음돼요. 그리고 arrived 는 2음절에 강세가 있어서, 앞의 a-는 아주 약하게 들리거나 아예 잘 안 들리기도 해요.

❷ **It is** [이티ㅈ / 이리ㅈ] 이 두 단어도 연음돼요. 따라서 It의 -t가 모음 사이에 끼게 되어 /r/로 발음이 변하는데요, 아주 흔하게 쓰이니 발음도 한 단어처럼 익혀두세요.

Listening Comprehension

A 다음 문장을 듣고 옳은 단어를 고르세요.

1. She lives near the bridge by the (liver / river).

2. All I need are a (few / pew) things.

3. Now, the wolf was (pull / full).

4. His master was (please / pleased).

5. She found a (rock / lock) to sit on.

B 다음 문장을 완성한 후, 옳은 것은 T, 틀린 것은 F에 표시하세요.

1. Everyone called the little girl ________ ________.　　T　F

2. The wolf was ________ the truth.　　T　F

3. Puss in Boots caught ________ and ________ animals.　　T　F

4. The master saw many ________ fish.　　T　F

5. The ________ and dirty ________ changed.　　T　F

Answers

A　1 river　2 few　3 full　4 pleased　5 rock

B　1 Everyone called the little girl Red Hood. (T)

　　2 The wolf was telling the truth. (F)

　　3 Puss in Boots caught rabbits and other animals. (T)

　　4 The master saw many small fish. (F)

　　5 The old and dirty castle changed. (T)

C 질문을 듣고 올바른 답을 고르세요.

❶ ______________________________________?

    (a) The master

    (b) The king

    (c) The cat

❷ ______________________________________?

    (a) Crying

    (b) Shouting

    (c) Singing

❸ ______________________________________?

    (a) Magic

    (b) Talk

    (c) Dance

❹ ______________________________________?

    (a) Red Hood

    (b) Red Hood's grandmother

    (c) The village man

Answers

C ❶ Who was the Marquis of Carabas? (a)

    ❷ What did Red Hood hear in the woods? (c)

    ❸ What could Puss in Boots do? (b)

    ❹ Who did the wolf not eat? (c)

전문 번역

장화 신은 고양이

[제 1 장] 늙은 농부와 세 아들

p. 12-13　　옛날 옛적에 한 늙은 농부가 살았다. 그는 세 아들이 있었다. 그들은 한 마을에서 함께 살았다. 어느 날, 일이 노인에게는 너무 힘에 부쳤다. 농부는 매우 아파 침대에 앓아 누웠다. 그는 아들들을 그의 주위로 불렀다. "아들들아, 내 수명이 여기까지구나." 그가 말했다. "자, 너희들에게 말하고 싶은 게 있다. 첫째 아들아, 너는 이 농장을 맡거라. 둘째 아들아, 너에게 내 말을 남겨 주마. 셋째 아들아, 너에게 내가 가장 좋아하는 고양이를 남기마. 너희들 각자 좋은 삶을 살길 바란다, 내 아들들아." 그러고 나서, 농부는 눈을 감았다. 그는 조용하게 죽었다.

p. 14-15　　곧 형제들은 각자 자신의 길을 갔다. 첫째 아들은 농장에 남았다. 둘째 아들은 마을을 떠났다. 그는 말을 가지고 갔다. 셋째 아들은 어떻게 해야 할지 몰랐다. 그는 생각했다. "이 고양이로 무엇을 하지? 난 내 자신과 고양이를 돌봐야 해." 보다시피 그 고양이는 단순한 고양이가 아니었다. 그 고양이는 말하는 고양이였다. 고양이는 말했다. "주인님, 전 주인님의 아버님에게 잘했어요. 당신에게도 잘할 거예요. 제가 당신을 도와드릴 수 있어요, 주인님. 전 주인님의 특별한 점을 알고 있어요. 우리는 함께 잘 살 수 있을 거예요."

p. 16-17　　"우리가 어떻게 그렇게 할 수 있는데?" 주인이 물었다. 고양이가 대답했다, "제가 필요한 것은 몇 가지뿐이에요. 첫 번째로 전 깃털이 달린 모자가 필요해요. 다음으로 전 장화 한 켤레가 필요해요. 마지막으로 전 작은 가방이 필요해요." 고양이가 설명했다. 그 날 오후, 주인은 쇼핑을 갔다. 그는 돈이 거의

없었다. 그러나 그는 고양이를 믿었다. 주인은 그 세 가지 물건을 발견했다. 그는 그것들을 고양이에게 주었다. "여기 네가 원했던 거야." 주인이 말했다. 고양이는 모자를 쓰고 장화를 신었다. 고양이는 꽤 잘생겨 보였다. 주인은 행복했다. 그는 그의 고양이를 장화 신은 고양이라고 불렀다.

p. 18-19　　그날, 장화 신은 고양이는 사냥을 하러 나갔다. "주인님, 이따 뵐게요." 장화 신은 고양이가 말했다. 장화 신은 고양이는 숲 속으로 들어갔다. 토끼를 잡는 것은 장화 신은 고양이에겐 쉬운 일이었다. 그는 새와 다른 동물들도 잡았다. 숲 속에는 많은 동물들이 있었다. 장화 신은 고양이는 기다리고 또 기다렸다. 그 날 늦게, 장화 신은 고양이는 토실토실하고 살찐 토끼 한 마리를 잡았다. '이제 국왕님을 찾아 뵐 시간이다.' 장화 신은 고양이는 생각했다. 장화 신은 고양이는 왕의 성으로 걸어갔다. 장화 신은 고양이는 큰 문을 두드렸다. "똑, 똑, 똑. 국왕님을 만나 뵙고 싶습니다." 장화 신은 고양이가 말했다.

p. 20-21　　문지기는 놀랐다. 그는 전에 말하는 고양이를 본 적이 없었다. 그는 장화 신은 고양이에게 물었다, "너는 누구냐?" "전 카라바스 후작의 하인입니다." 장화 신은 고양이가 말했다. 전 국왕님께 선물을 드리고 싶습니다." "좋다." 그 남자가 말했다. 그는 국왕을 만날 수 있게 장화 신은 고양이를 들여 보냈다. "폐하," 장화 신은 고양이가 말했

다. "이 토실토실한 토끼를 선물로 받아 주십시오. 그것은 제 주인인 카라바스 후작이 보낸 것입니다." "고맙다. 너는 참 친절하구나." 국왕이 말했다. 난 이 카라바스 후작이라는 사람을 모른다. 네

주인에게 선물이 마음에 든다고 말하거라." "네, 폐하. 물론입니다." 장화 신은 고양이가 대답했다. "곧 또 오겠습니다, 폐하." 장화 신은 고양이가 덧붙였다. 이후에 장화 신은 고양이는 종종 성을 방문했다.

[제 2 장] 장화 신은 고양이, 작업에 들어가다

p. 24-25 방문할 때마다 장화 신은 고양이는 동물 한 마리를 가지고 왔다. 국왕과 왕비는 감명을 받았다. 이것은 모두 장화 신은 고양이의 계획의 일부였다. 수개월 후에, 국왕의 성에 있는 모든 사람들이 장화 신은 고양이를 알게 되었다. 모두가 장화 신은 고양이를 좋아했다. 국왕과 왕비도 장화 신은 고양이를 매우 좋아했다. 어느 날, 국왕이 말했다. "카라바스 후작을 만나고 싶구나. 그는 매우 친절하고 사려 깊어. 그는 항상 우리에게 신선한 고기를 주지 않는가." "그렇습니다, 폐하. 저희 집에 방문하시겠습니까?" 장화 신은 고양이가 물었다. "좋다, 우리가 다음 보름달이 뜰 때 가겠다." 국왕이 말했다. "제가 주인님께 말씀 드리겠습니다." 장화 신은 고양이가 말했다.

p. 26-27 보름날에 국왕은 마차에 타기로 계획했다. 왕비와 공주도 그와 함께 갔다. 그들은 카라바스 후작을 보고 싶었다. 국왕의 딸은 아름다운 젊은 여성이었다. 국왕은 그녀가 좋은 남자와 결혼하길 바랐다. 장화 신은 고양이는 자기들을 방문하려는 국왕의 계획을 기억했다. 장화 신은 고양이는 또한 그 아름다운 공주를 만났다. '그녀는 주인님의 좋은 아내가 될 거야.' 장화 신은 고양이가 생각했다. "주인님, 오늘 국왕님과 그 가족이 오십니다." 장화 신은 고양이가 말했다. "제가 말하는 대로 하셔야 합니다. 주인님은 자신이 카라바스 후작이라고 말해야 해요. 이것이 당신의 진짜 이름입니다, 주인님." 장화 신은 고양이가 말했다.

p. 28-29 "수년 전에, 주인님 아버님은 아버님의 성에 살았습니다. 가족은 매우 부자였습니다. 가족은 많은 농지를 가지고 있었지요. 어느 날, 원숭이 인간이 성을 빼앗아 버렸습니다." 장화 신은 고양이가 말했다. "그는 매우 못됐어요." "아, 정말?" 카라바스 후작이 말했다. "아버지는 나에게 전혀 말해 주지 않으셨어." "주인님 아버지는 이 비밀을 절대 말하지 말라고 부탁받았습니다." 장화 신은 고양이가 말했다. "그것이 주인님 아버님이 한 약속이었습니다." "알았어, 믿을게. 네가 하라는 대로 할게, 장화 신은 고양이야." 카라바스 후작이 말했다. "오늘 우리는 당신의 성에 갈 것입니다, 주인님." 장화 신은 고양이가 말했다. "주인님은 국왕과 그의 가족에게 만찬을 함께하자고 청하세요."

p. 30-31 그러고 나서 장화 신은 고양이는 주인을 데리고 나갔다. 그들은 작은 강가를 걸었다. 장화 신은 고양이는 국왕이 그 길로 올 것임을 알고 있었다. 장화 신은 고양이는 그들이 주인의 성에 도착하기 전에 국왕이 자신들을 보기를 원했다. 강을 가로지르는 작은 다리가 하나 있었다. 다리 밑에는 물속에 아름다운 꽃들이 있었다. 카라바스 후작은 다리 한가운데를 걸었다. 그는 옆쪽으로 꽃들을 보았다. 갑자기, 카라바스 후작이 물속에 빠졌다. "나는 수영을 못해. 도와줘!" 후작이 외쳤다. "제가 도움을 청할게요, 주인님. 저를 믿으세요." 장화 신은 고양이가 말했다. 장화 신은 고양이는 길로 재빠르게 뛰었다.

p. 32-33 그때, 그는 국왕의 마차가 도착하는 것을 보았다. 마차가 왔을 때, 국왕은 목소리를 들

었다. 국왕은 창문 밖을 보았다. 그는 장화를 신고 모자를 쓴 한 마리의 고양이를 보았다. "도와주세요, 도와주세요, 제 주인님이 물에 빠졌어요." 장화 신은 고양이가 외쳤다. 카라바스 후작은 정말로 강물에 빠져 있었다. "장화 신은 고양이, 무슨 일인가?" 국왕이 물었다. 장화 신은 고양이는 자신의 주인이 물에 빠졌다고 말했다. 그리고 그는 수영하는 법을 모른다고 말했다. "신하들아, 가서 카라바스 후작을 찾아라." 국왕이 말했다. 국왕의 신하들은 후작을 구했다. 곧, 후작은 기분이 나아졌다.

[제 3 장] 카라바스 후작, 행운을 찾다

p. 36-37 　국왕은 신하 두 명을 성으로 보냈다. 그들은 카라바스 후작을 위해 새 옷을 가지고 돌아왔다. 옷은 매우 좋았다. 후작은 전보다 더 잘생겨 보였다. 그는 중요한 사람처럼 보였다. "저를 구해 주셔서 감사합니다, 폐하." 카라바스 후작이 말했다. "마침내 자네를 봐서 기쁘군." 왕이 말했다. 우리는 자네 고양이로부터 자네에 대해 많이 들었다네. 장화 신은 고양이는 우리 성의 단골 방문객이라네. 우리랑 같이 가세, 카라바스 후작. 우리는 자네를 찾아가는 길이었네." 국왕이 말했다.

p. 38-39 　"기꺼이 같이 가겠습니다." 카리바스 후작은 말했다. "부디 오늘 밤에 저와 함께 저녁식사를 해주시길 청합니다. 우리는 제 성에서 먹을 겁니다." 장화 신은 고양이는 가는 길을 마부에게 말해 주었다. 장화 신은 고양이는 국왕에게 자신의 주인이 얼마나 부자인지 보여주고 싶었다. 장화 신은 고양이는 원숭이 인간의 집으로 가고 있었다. '내가 먼저 앞서 가야 해. 주인님의 도착을 위해서 준비를 해야 해.' 장화 신은 고양이가 생각했다. 가는 길에, 장화 신은 고양이는 많은 들판을 지나갔다. 장화 신은 고양이는 일꾼들을 불렀다. "국왕님이 오고 계세요. 당신들은 카라바스 후작을 위해 일하고 있다고 그에게 말해야 해요. 그렇게 하세요, 아니면 후회하게 될 거예요." 일꾼들은 승낙했다.

p. 40-41 　국왕이 지나갈 때 그는 감명받았다. 매우 많은 들판이 있었다. 그리고 먼 거리에 걸쳐 많은 일꾼들이 있었다. "누구를 위해 일하는가?" 국왕이 들판에서 일하는 일꾼들에게 물었다. "우리는 카라바스 후작을 위해 일합니다." 그들은 말했다. 그 다음 들판에서도 국왕은 같은 말을 들었다. "후작, 자네는 부유한 사람이군. 이 모든 들판이 자네 것인가? 그리고 자네는 많은 일꾼들이 있구면." 카라바스 후작이 말했다. "그렇습니다, 국왕님. 제 아버지의 들판들이었습니다." 그 동안에 장화 신은 고양이는 원숭이 인간의 집에 도착했다. 매우 오래된 곳이었다. 그것은 매우 더럽고 추해 보였다.

p. 42-43 　그 고양이는 원숭이 인간에 대한 특별한 점을 알고 있었다. 그는 자신의 생김새를 바꿀 수 있었다. 장화 신은 고양이는 그 집에 들어갔다. 매우 큰 원숭이가 있었다. 그 원숭이는 사람같이 생겼다. "안녕하세요, 원숭이 인간님," 장화 신은 고양이는 말했다. "당신 집을 지나가다가 찾아뵙고 싶어서요. 여러 동물로 변신할 수 있다고 들었어요." "그래, 맞아." 원숭이 인간이 말했다. "하지만 난 알고 싶은 게 있어요." 장화 신은 고양이가 말했다. "당신은 큰 동물로만 변신할 수 있는 건가요? 작은 동물로도 변신할 수 있나요?" 장화 신은 고양이가 물었다. "난 어떤 동물로도 다 변할 수 있어." 원숭이 인간이 말했다. "그 어떤 것도 나한테 어려운 일이 아냐."

p. 44-45　　장화 신은 고양이는 원숭이 인간에게 쥐로 변해 보라고 청했다. 원숭이 인간은 작은 갈색 쥐로 변했다. 장화 신은 고양이는 쥐를 쫓아가서 먹어버렸다. 이제 원숭이 인간은 없어졌다. 그 오래되고 더러운 성이 바뀌었다. 그것은 새것처럼 깨끗하고 아름다워졌다. 카라바스 후작은 그 성의 새 주인이었다. 장화 신은 고양이는 하인들에게 말했다. "당신들에게 새 주인이 생겼어요. 그의 이름은 카라바스 후작이에요." 그들은 모두 매우 기뻤다. 그들은 원숭이 인간을 전혀 좋아하지 않았다. 그는 그들에게 매우 못되게 굴었다. 장화 신은 고양이는 그들에게 부탁했다. "맛있는 음식으로 성대한 만찬을 요리해 주세요."

p. 46-47　　잠시 후에, 왕의 마차가 도착했다. 장화 신은 고양이는 나가서 그들을 맞았다. 국왕이 내려 왔다. 그는 공주를 도왔다. 카라바스 후작은 마차 밖으로 나왔다. 국왕은 생각하고 있었다. '후작은 결혼했나? 이 남자는 딸에게 좋은 남편이 될 거야.' "카라바스 후작, 자네 결혼했나?" 국왕이 물었다. "안 했습니다, 국왕님. 하지만 저는 좋은 여자와 결혼하고 싶습니다." 후작이 말했다. 그는 말하면서 공주를 쳐다보고 있었다. 장화 신은 고양이도 얼굴에 크게 미소를 지으며 거기에 있었다.

p. 48-49　　국왕은 딸에게 물었다. "너 이 후작과 결혼하겠니? 그는 좋은 사람이야. 땅도 많이 가지고 있고." "아, 좋아요, 아버지. 감사합니다!" 공주가 말했다. 그날 밤 큰 축하연이 있었다. 곧 공주와 카라바스 후작은 결혼했다. 그들은 성에서 행복하게 살았다. 그들은 장화 신은 고양이와 놀았다. 그리고 장화 신은 고양이는 탁 트인 들판을 매우 좋아했다. 거기에는 잡을 쥐들이 많이 있었다. 농부의 막내 아들은 마침내 자신의 행운을 찾았다.

🌱 빨간 모자 소녀

[제 1 장] 할머니 댁에 가다

p. 54-55　　옛날 옛적에 작은 소녀가 있었다. 그녀는 가족과 함께 작은 마을에 살았다. 그녀의 할머니는 멀지 않은 숲속에서 살았다. 할머니는 그녀를 매우 사랑했다. 여섯 번째 생일에, 할머니는 소녀에게 선물을 주었다. 그것은 아름다운 빨간 모자였다. "정말 고맙습니다, 할머니. 이 빨간 모자가 정말 마음에 들어요." 소녀가 말했다. "천만에, 내 귀여운 아이. 네가 좋아하니 기쁘구나. 매우 예뻐 보이네." 작은 소녀는 자주 모자를 썼다. 그래서 모든 사람들이 그녀를 빨간 모자라고 불렀다.

p. 56-57　　어느 날, 빨간 모자의 엄마가 그녀를 불렀다. 엄마가 말했다. "할머니가 편찮으시단다. 심한 감기에 걸리셨어. 이 케이크와 과일을 할머니에게 가져다 드리렴." "알았어요, 엄마." 소녀가 말했다. 그녀의 엄마가 말했다. "조심하거라, 빨간 모자야. 그 누구와도 말하면 안 돼. 길에서 벗어나서도 안 돼. 시간을

잘 보고." "그럴게요." 빨간 모자가 말했다. "걱정하지 마세요, 엄마." 빨간 모자는 자기가 가장 좋아하는 빨간 모자를 썼다. 그녀는 케이크와 과일을 갖고 가면서 작별인사를 했다.

p. 58-59   가는 길에 빨간 모자는 노래를 불렀다. 그녀는 천천히 그리고 조심스럽게 길을 따라 걸었다. 숲은 매우 조용했다. 빨간 모자는 외로웠다. 얼마 동안 걸은 후에, 빨간 모자는 멈추어 섰다. 그녀는 앉을 만한 바위를 발견했다. '내 작은 다리가 너무 지쳤어.' 그녀는 생각했다. '이 바구니도 무거워. 안에 많은 과일이 들었지.' 그때, 빨간 모자는 누군가 노래하는 것을 들었다. 그것은 굵고 추한 목소리였다. "누가 노래하고 있지?" 그녀가 생각했다. 그녀가 올려다 보았을 때, 늑대 한 마리가 보였다.

p. 60-61   빨간 모자는 그 늑대를 알지 못했다. 엄마는 그녀에게 아무와 이야기를 하지 말라고 말했었다. 하지만 빨간 모자는 잊어버렸다. "안녕. 이름이 뭐니, 작은 소녀야?" 늑대가 물었다. "나는 빨간 모자라고 해요. 만나서 반가워요." "네 빨간 모자가 예쁘구나." 늑대가 물었다. "오늘 어디에 가니?" "난 할머니 댁에 가요." 빨간 모자가 말했다. "할머니에게 음식을 가져다 드리는 중이에요. 할머니는 편찮으세요. 엄마가 할머니는 감기에 걸리셨다고 하셨어요." "네 할머니는 어디에 사시는데?" 늑대가 물었다. "할머니는 숲속에 사세요," 빨간 모자가 대답했다. "할머니는 강가 옆 다리 근처에 사세요."

p. 62-63   늑대는 속으로 생각했다. '이제 서둘러야겠다. 할머니 집에 먼저 도착해야 해.' 늑대는 배가 고팠다. 늑대는 그녀를 잡아먹고 싶었다. "음, 난 지금 가야겠다." 늑대가 말했다. "가족이 날 기다리고 있거든. 할머니 댁에 잘 다녀와. 할머니가 곧 나으시길 바랄게. 잘 가, 빨간 모자." 그러고 나서 늑대는 빨간 모자의 할머니 집으로 재빠르게 뛰었다.

p. 64-65   이 때 빨간 모자는 바위에 앉았다. 그녀는 주위를 둘러보았다. 길 옆에 꽃이 있었다. 빨간 모자는 할머니가 생각났다. '꽃들이 참 예쁘다. 할머니는 꽃을 정말 좋아하시는데.' 그녀가 생각했다. '할머니에게 몇 송이를 꺾어 드려야겠다.' 그녀가 꽃들을 다 꺾었을 때 조금 춥다고 느꼈다. 그녀는 많이 늦었다는 것을 알았다. '어두워지기 전에 서둘러야겠다.' 그녀가 생각했다.

[제 2 장] 늑대, 빨간 모자를 잡아먹다

p. 68-69   늑대는 빨간 모자 할머니의 집에 도착했다. 늑대는 문을 두드렸다. 빨간 모자의 할머니가 말했다, "누구세요?" 늑대는 높은 음색으로 대답했다. "빨간 모자예요. 낫게 해드리려고 음식을 좀 가져왔어요, 할머니." 늑대는 거짓말을 하고 있었다. "손잡이를 돌려라." 빨간 모자의 할머니가 말했다. "문이 열릴 거야." 할머니는 침대에 누워 있었다. 할머니는 너무 힘이 없어서 일어설 수도 없었다. 늑대는 문을 열었다. 늑대는 할머니에게 걸어갔다. 할머니는 작고 토실토실 살이 쪘다. 할머니는 맛있어 보였다. 늑대는 할머니를 재빠르게 잡아먹었다.

p. 70-71   그러고 나서, 늑대는 할머니의 옷과 잘 때 쓰는 모자를 썼다. 늑대는 할머니와 닮아 보이도록 노력하면서 침대에 누웠다. 늑대는 참을성 있게 빨간 모자가 도착하기를 기다렸다. 늑대는 빨

간 모자까지 잡아먹을 준비가 되었다. 빨간 모자가 도착했다. 할머니 집으로 들어가는 문이 열려 있었다. 빨간 모자는 놀랐다. 그녀는 무언가 잘못되었다는 것을 느꼈다. 그녀가 말했다. "안녕하세요!" 답이 없었다. 그녀는 탁자 위에 바구니를 놓았다. 그러고 나서 그녀는 할머니 침대로 갔다. 할머니는 매우 달라 보였다.

p. 72-73 "할머니, 눈이 너무 크네요." 그녀가 말했다. "너를 더 잘 보기 위해서지." 늑대가 말했다. "할머니, 코가 너무 크네요." 그녀가 말했다. "네 냄새를 더 잘 맡기 위해서지." 늑대가 말했다. "할머니, 입도 커요." 빨간 모자가 말했다. "너를 빨리 잡아먹기 위해서지." 늑대가 외쳤다. "너는 할머니가 아니야. 너는 늑대야!" 빨간 모자가 소리쳤다. 빨간 모자는 도망갈 시간이 없었다. 늑대는 그녀를 잡았다. 늑대는 그녀를 한입에 먹었다. 이제 늑대는 배가 불렀다. 늑대는 빨간 모자와 할머니를 잡아먹었다. 늑대는 다시 누워 잠에 빠졌다.

p. 74-75 한 마을 남자가 집에 가는 길이었다. 그는 빨간 모자의 할머니가 아프다는 것을 알고 있었다. "흠… 그 할머니가 어떠신지 궁금하군." 그래서 그는 현관으로 걸어갔다. '문이 열렸네.' 그가 생각했다. '할머니를 살펴봐야지.' 거기서 그는 매우 놀라운 광경을 보았다. 늑대가 빨간 모자의 할머니 침대에서 자고 있었다! 그는 늑대가 할머니를 잡아 먹은 것이라고 추측했다. 그 남자는 칼을 꺼냈다. 그러고 나서, 그는 늑대의 배를 갈라 열었다. 곧, 그는 늑대 안에서 빨간 옷감을 보았다. 그는 계속해서 배를 갈랐다. 놀라운 것이 또 하나 있었다! 빨간 모자가 늑대의 배 밖으로 기어나왔다.

p. 76-77 "저를 구해 주셔서 고마워요." 빨간 모자가 말했다. "늑대의 배 안은 아주 어두웠어요. 전 무서웠어요." 그들은 함께 할머니도 끌어냈다. 빨간 모자의 할머니는 건강이 좋지 않았지만 살아 계셨다. "무거운 돌을 찾자." 그 남자가 말했다. 그와 빨간 모자는 늑대 배 안에 돌들을 넣었다. 그러고 나서, 빨간 모자의 할머니는 갈랐던 배를 닫았다. 몇 분 후에 늑대가 눈을 떴다. "목말라." 늑대가 말했다. "밖에 있는 웅덩이의 물을 좀 먹어야겠어." 늑대는 물웅덩이에 갔다가 빠졌다. 늑대는 다시는 보이지 않았다.

p. 78-79 빨간 모자와 할머니는 행복하고 감사했다. 그들은 그 마을 남자에게 고맙다고 인사했다. 할머니는 빨간 모자를 꼭 안아 주었다. "네가 무사해서 기쁘다, 빨간 모자야." 할머니가 말했다. "혼자 걸을 땐 더 조심해야 한다. 그리고 다시는 낯선 이들과 이야기해선 안 돼." "알았어요, 할머니." 그 작은 소녀가 말했다. 빨간 모자는 그날 밤 할머니와 지냈다. 그 다음 날 아침, 빨간 모자는 걸어서 집에 돌아갔다. 그녀는 자신의 예쁜 빨간 모자를 썼다. 그녀는 집으로 가는 길이 안전할 것임을 알 수 있었다. 그 늑대는 다시는 그 누구도 괴롭히지 않을 것이다. 그녀는 숲을 통해서 행복하게 집으로 걸어갔다.

Silayan Casino

University of Hawaii (International Studies:
Western Europe; German Language & Literature, M.A)
Woosong University, English Instructor

행복한 명작 읽기 **Basic** 5

장화 신은 고양이 | 빨간 모자 소녀
Puss in Boots | Little Red Riding Hood

원작 Charles Perrault
각색 Silayan Casino
펴낸이 정규도

초판 1쇄 발행 2012년 1월 16일
초판 4쇄 발행 2021년 3월 11일

편집장 최주연
책임편집 김지영
디자인 정현석, 김나경, 박수경
일러스트 김현정
녹음 Josh Fisher, Jane Ross
번역 김지은

다락원 경기도 파주시 문발로 211
내용문의 (02)736-2031 내선 510
구입문의 (02)736-2031 내선 250~252
Fax (02)732-2037
출판등록 1977년 9월 16일 제406-2008-000007호
Copyright © 2012, 다락원

값 7,000원(오디오 CD 1개 포함)
ISBN 978-89-277-0309-9 48740 / 89-7255-905-9 48740(set)

http://www.darakwon.co.kr
다락원 홈페이지를 방문하시면 상세한 출판 정보와 함께 MP3 자료 등
다양한 어학 정보를 얻으실 수 있습니다.